夏商小说系列

夏商

# 猜拳游戏

华东师范大学出版社

### 图书在版编目（CIP）数据

猜拳游戏 / 夏商著. —上海：华东师范大学出版社，2018
（夏商小说系列）
ISBN 978-7-5675-4717-9

Ⅰ.①猜… Ⅱ.①夏… Ⅲ.①中篇小说-小说集-中国-当代 Ⅳ.①I247.5

中国版本图书馆 CIP 数据核字（2018）第 057497 号

## 猜拳游戏

著　　者　夏　商
策划编辑　王　焰
责任编辑　朱妙津
责任校对　王丽平
装帧设计　夏艺堂艺术设计＋夏周
出版发行　华东师范大学出版社
社　　址　上海市中山北路 3663 号　邮编 200062
网　　址　www.ecnupress.com.cn
电　　话　021-60821666　行政传真 021-62572105
客服电话　021-62865537　门市（邮购）电话 021-62869887
地　　址　上海市中山北路 3663 号华东师范大学校内先锋路口
网　　店　http://hdsdcbs.tmall.com/
印刷者　上海中华商务联合印刷有限公司
开　　本　889×1194　32 开
印　　张　7.25
字　　数　133 千字
版　　次　2018 年 4 月第 1 版
印　　次　2018 年 4 月第 1 次
书　　号　ISBN 978-7-5675-4717-9／I·1867
定　　价　38.00 元

出版人　王　焰

（如发现本版图书有印订质量问题，请寄回本社客服中心调换或电话 021-62865537 联系）

# 序

出版文集至少有三个作用,一个是归纳较为满意的作品,一个是带有定稿本性质,再一个就是作家的虚荣心。

在严肃文学式微的时代,写作作为一种多余的才华,连同被虚掷的光阴,是无中生有的幻象。有时候,我甚至不认为写小说是一种才华,至多是无用的才华。虚荣心是支撑作家信念最重要的一根拐杖,而这种虚荣心,其实也是自我蒙蔽,写作只是著书者的自欺欺人,它是件私密事,和所有人无关,小说首先是小说家的,其次才是读者的,小说里的故事和现实中的故事最终皆会烟消云散,小说家虚荣的逻辑在于,假装写作是有意义的。

上世纪八十年代末初学写作,转眼三十年,用坊间谐谑的话讲,小鲜肉变成了油腻男。过完半生太快了,再过三十年,说不定就过完了一生。写作这件事,是我延续最久的行为,即便有创作停滞的阶段,对文学还是初恋般凝望,怕与之隔膜太久,断了音讯。

即便如此,写出满意的小说更多时候是一厢情愿,无论满不满意,文字终究慢慢攒起,发表、出版、修订乃至推倒重写,宛如跟自己的长跑,一直掉队,一直掉队,最后败给自己。

小说出版后的命运和作者基本无关,仿佛风筝飘远,作者手里没有线辘——书籍永远在寻找读者,而作家只有一张书桌。

2009年,由上海锦绣文章出版社出版了第一套文集"夏商自选集",四卷本,作为不惑之年的礼物。

这次由华东师范大学出版社刊行的是第二套文集,在此之前,在该社先后出版过讲谈集《回到废话现场》和修订版《东岸纪事》,彼此建立了信任和友谊,尤其是王焰社长对拙著《东岸纪事》不遗余力的推荐,让这部小说获得了更多知音,始终铭记在心。

之所以用"夏商小说系列",依然没有用"夏商文集",理由很简单,希望在更老一些,完全写不动时再冠以这个更具仪式感的名称。

"夏商小说系列"包含长篇小说四种五卷,中篇小说集及短篇小说集各两卷,共八种九卷。比2009年版容量大一些,年纪也增了近十岁,大致是送给知天命之年的礼物了。

借此机会,对作品进行了全面修订,写作之余也喜涂鸦,用毛笔字题签了封面书名。装帧是请留学海外读设计的夏周做的,是我喜欢的极简风格。

再次感谢华东师范大学出版社,感谢这套书的策划编辑王焰社长,感谢责任编辑朱妙津女士。编辑隐身于幕后,作者闪耀于前台,美德总是低调的,而虚荣心总是趾高气昂。

2018年1月18日于苏州河畔寓中

# 目录

猜拳游戏 001

嫌疑 041

看图说话 081

十七年 121

轮廓 163

猜拳游戏

# 1

药剂师萧客推推架在鼻梁上的玳瑁眼镜,从门卫室出来,忙了一天,他突然想起中午约好的饭局,便赶紧给丛蓉挂了个电话,让她五点半直接等在老城隍庙福佑路旁的老饭店门口。他妻子在话筒那头看了看表,已到五点钟了,便埋怨通知得太急了点,嘴巴里说:"怎么这样,连化妆换衣服的时间也不给人家。"萧客嬉皮笑脸道:"你挺着大肚子,就不要太讲究了,反正夏商是熟人,人家知道你从前是个美女的。"丛蓉不高兴道:"我知道你现在嫌我难看了,我不去了,省得坍你的台。"

萧客的家在老西门,离吃饭的地方走路只有刻把钟。丛蓉在我面前出现的时候,我已在那儿等了五六分钟,她怀孕的样子还不十分明显,她终于还是打扮了一番,换了套比较宽松的衣服,腹部被很好地掩饰起来,她从出租车上下来,看见我一个人站着,很奇怪。

"萧客呢?"她问,"怎么还没来?"

"可能堵车吧。"我说。

"外面有点雨,我们先进去吧。"丛蓉说。

我们就走进了饭店,找了张四个人用的小餐桌,一边喝茶一边等萧客来。但是萧客迟迟未到,六点钟的时候,我起身小离片刻,到门外与事先约好的常小东短暂会合,交给他几本他需要的杂志,随后我重新回到餐桌旁。我坐下时,发现丛蓉有些不安,她说:"迟到这么久,不会出什么事吧。"

"不会出什么事的,会出什么事呢?"我笑了笑。

"等他来了,得好好罚他。"丛蓉说。

"对,罚他喝酒。"我说。

"喝酒,那不等于在奖励他么。"丛蓉说。

"那罚他给你买套好看的时装。"我说。

"那还行。"丛蓉对这条建议颇感满意,不过她又面露难色说,"我快做妈妈了,怎么买衣服呀。"

"那这样吧,让萧客给你买条丝巾。"我说完这句话感觉有点不妥,因为过去给丛蓉买丝巾的不是萧客而是我,女人一般会喜爱某种饰件,丛蓉特别钟情的就是各式各样的丝巾。果然丛蓉看我的样子不对了,她一定是想到了过去的事。

我的手机非常及时地响了起来。花支说明天回浦东,他父母的家和我同在一个新村,我在三村,他们在六村,他问我有没有空,如果有空的话可以找个地方聊聊天,另外再叫上常小东。关上电话,我说:"有点饿了,我们先来客点心吧。"

丛蓉点点头,看着我说:"再给我来一杯加奶的红茶。"

加奶的红茶也是丛蓉所喜欢的,我心里想,我不能再久留了,如果萧客一直不来,剩下我和丛蓉两个人在一起算怎么回事呢。这个局面是我绝对没有想到的,本来我约萧客出来是因为有件事要托他帮忙,当然我知道丛蓉也会来,我的朋友萧客爱带着太太出入各种场合,因为他有一个漂亮的老婆。在我们这个时代,看一个男人的品位有时就看站在他身旁的是怎样的一个女人,丛蓉这样的女人当然让萧客引以为豪。在我生活的圈子中,丛蓉是最漂亮的女人,每当看到她的脸,我就会产生一丝淡淡的哀愁。已经有好几年,我们没有单独在一起了,而此刻,我们相对而坐,她已成人妇,我也有了妻儿,一切还有什么可说的呢。

手机再次响起打破了沉默,我把翻盖打开,听到一个陌生的男声:

"请问你是萧客的朋友夏商么?"

在得到肯定的回答之后,那个人继续说:"我这里是第三公安分局,请萧客的爱人听电话好么?"

我将电话交给丛蓉,然后看见她的面容慢慢阴沉了下来。

## 2

警察甲乙站在药剂师萧客面前的时候,他正从门卫室的石阶下来,准备到对面马路去叫辆出租车。萧客的医院在浦东,过了南浦大桥,转到河南南路,很快就可以到城隍庙老饭店。他看看表,发现时间有点紧,等他重新抬起头的时候,看见的却是一对戴大盖帽的警察。

药剂师萧客还没回过神来,已经被两个警察带上了路,当然他要询问一下为什么,所以不无敌意地问:"凭什么让我跟你们走。"

警察甲说:"等一会儿你就知道了。"

萧客申辩道:"我什么都没干,你们一定是搞错了。"

警察乙说:"我们并没有说你干了什么,不过是让你配合工作,了解一些情况。如果我们认定你犯事了,就不会用这种方式了,你看你手腕上不是连手铐也没么?"

萧客朝四周瞄了一下,下班的同事们正好奇地(并且充满怀疑地)朝他张望,萧客用力将脚跟定住,不走了。

"不行,不给我说清楚,我不能跟你们走。"

警察乙看出了他的心思,低声说:"有人把你供出来了,你不能不去。"

"我干什么了,被谁供出来了?"

"你去了不就知道了么?"

萧客用中指把鼻梁上的玳瑁眼镜朝上推了推:"我一向安分守己,但你们好像怀疑这一点。"

这一路上,药剂师萧客苦思冥想起来。三个人步行了一刻钟,萧客越来越觉得冤枉,他根本记不起生活中出了什么问题,他看了下表,时间告诉他,夏商已经在老饭店门口等他了,丛蓉也应该到了,两个人正朝着福佑路方向望眼欲穿。他心里有点烦躁，一方面觉得对不起朋友，另一方面又有点不安，他知道今天的晚餐聚不成了，很可能举杯对饮的是夏商和丛蓉。他觉得胸口很不舒服，就再一次停住了脚步。这时已经来到公安分局的门口，萧客回头对后面两个人说："我堵得慌，能让我喊一嗓子吗？"

两名警察有点奇怪地看着他，药剂师萧客已经响亮地喊起来了——

"我他妈……"

一旁的两个人从他口型看出了后面的内容，警察乙握紧了手里的警棍，准备在药剂师喊完那句话后给他一下，然而萧客的声音戛然而止了。他朝地上呸了一口，随即大踏步朝大门走去。

警察乙准备追上去，被警察甲一把抓住，警察乙骂道："这小子，真他妈张狂。"

"年轻人肝火太旺。"警察甲笑着摇摇头，示意不必计较。

药剂师萧客听到了背后的对话，他面无表情，大步流星往里走。警察甲说："错了，左边。"

警察乙终于忍不住骂道："跑这么快赶尸呢。"

药剂师萧客回过头来，生动地笑了："你这样一说，我不知道是左边死人还是右边死人。"

警察乙这回没有听搭档的劝阻，冲上去重重地把萧客推了个趔趄，药剂师站定了，把头摇摇，那幅画面真是生动至极。萧客暗暗佩服自己，没有想到自己有那么大的自制力，还能慢悠悠地说："请你再来一下。"

警察乙果然听从了他的吩咐，这一回他使用的不再是推，而是重重的一击。萧客觉得胸口像被撞开了，有一只拳头探进了胸腔，卡在了骨头之间。他下意识地用手去守护，人却一下坐在了地上。

半晌，他站了起来，把目光投向警察甲，问："刚才你说什么，左边走是么？行，那就走左边。"

药剂师萧客返身往左边走，他知道警察乙要倒霉了，刚才他往右的时候，看见一个中年警官朝自己这边走来，那张脸好生面熟，他立刻想起来了，几天前在电视中出现过，在一个法制节目里讲述新近侦破的一桩谋杀案。他是这个分局的局长。萧客相信方才的那一幕已尽入他的视线，果然他听到了一声断喝："贾小勇，下班后到我办公室来一次。"

贾小勇是警察乙，萧客再次把头一甩，他瞥见警察乙神情沮丧，似乎欲申辩什么，却口齿结巴什么也吐不出来。

那个中年人把手一挥，说："我都看见了，真是大开眼界。"

于是，药剂师从容地朝左边走去，紧随上来的警察甲将他领到了一间宽大的房间里，已经有守候着准备盘问的人了。那是个浓眉毛小伙，当然边上少不了一个女办事员，萧客在对面坐下来，因为光线有点斑驳，他闭上了眼睛，他又想到了老饭店里的那一男一女，他想：这叫什么事呀。早知道这样，就不该给丛蓉打那个电话，这下倒好了，给了一对旧情人鸳梦重温的机会。

# 3

公安局打来的电话使丛蓉芳容大变，我从她的眉宇间看出了事情有些不对头。我问："发生了什么事？"

丛蓉把头摇摇，表示她尚不清楚，她说："公安局只是让家属送衣被去，看样子萧客犯事了。"

我大惊失色，连说："怎么可能呢。"

丛蓉苦笑了一下，说："我先走了。"

"我陪你一块去吧，帮你拿拿东西。"

她的一抹苦笑再次显露，她没有反对，轻轻说道："谢谢你。"

我和丛蓉认识是因为萧客。那是早些年，我还在浦东的一家化工公司上班，附近一些单位之间经常联谊搞活动。萧客是团委副书记，他们医院那次组织了一次大规模舞会，地点在院办大楼顶楼的多功能厅，应邀的单位除了我们公司，还有港口机械厂和一家幼儿园。丛蓉就是那家幼儿园的教师，她从行知师范学校毕业不久，能歌善舞。虽然那天晚上的漂亮女孩很多（主要是护士和幼儿园教师），但丛蓉仍然显得很出众。我虽然不会跳舞，还是情不自禁邀她跳了一曲。进了舞池，我才发觉自己只能来回走走，脚步根本没有章法。当时,我们把这种跳法叫做摇两步,是一种带点暧昧的亲密舞种。我和丛蓉显然还没有跳这种舞的资格,所以丛蓉就不高兴了,一定以为我在吃她的"豆腐",本来喜气洋洋的面孔一下子阴暗下来。一曲甫毕,就离开我径直走到自己的座位上去了。其他的小伙子都把应邀的姑娘送回了原处,只有我孤零零站在那里,幸好没有人注意我,我就灰溜溜走到阳台上去了。

如果事情到此为止,那么以后我不大会与丛蓉有什么关系。可过了一会儿,丛蓉居然也走到阳台上来了,她剥好了一只橘子,一边吃一边把核吐在掌心里。她显然不知道我也在场,不免有点尴尬,我朝她笑了一下,据她事后说,我那一笑非常质朴,她对我的戒心一下子没有了,她便也朝我笑了一下。我们就随便聊起来,她后来终于从我言谈中证明了她的猜测。

她说:"你不会跳舞却来请我,胆够大的。"

我无可奈何地说:"没有办法,那是认识你的唯一途径。"

她很好看地笑了,说:"你为什么一定要认识我呢?今天有那么多漂亮女孩。"

我说:"你应该是知道的。"

她开始逼我:"我不知道。"

看着她笑嘻嘻的模样,我有点儿害羞,只好说:"我觉得你比她们都漂亮。"她的双颊一下子红了,虽然她知道我会说什么,而且是她逼着我说的,可她的脸还是红了,她那么娇羞动人,不由让我心旌摇荡。我脱口而出:"我想明天再去跳舞,我和你,我们到浦西去好么?"她没有说不好,也没有说好,而是说:"你又不会跳舞。"她的意思我立刻明白了,她愿意与我在一起,但可惜我不会跳舞。我说:"那么我们去唱卡拉OK吧,我的歌还唱得不错。"这一次,她点了点头,虽然点得有点不太情愿,但你总得让女孩子留点矜持的余地吧。

所以说,我和丛蓉的认识在某种程度上还算萧客做的媒。如果没有他那次组织的活动,我和丛蓉可能就不会认识。当然你可以说如果没有那次舞会,以后也会有类似的场合,可这种说法一点意思也没有,我不想抹杀萧客在这一点上所起的作用。当然后来他自己娶了丛蓉做老婆,有点成也萧何败也萧何的意思,但那是后来的事。

我认识丛蓉的时候还不叫"夏商",对外使用的是我的本名夏文煜。这说明我认识丛蓉比较早,我用本名在1989年第5期《剑南文学》发表过一篇散文,那是我真正的处女作。第一次用笔名刊登小说是在1991年第5期《萌芽》上,那是一个叫《年轻的布尔什维克》的短篇,是令我耿耿于怀深感后悔的一部价值观混乱的劣作。有一度,丛蓉称呼我的本名,有段日子她甚至亲昵地叫我文煜。后来我们之间完了,虽然还是朋友,但她再叫我时,却又把姓加上了。再后来,我们见面的机会更少了,她也像社会上一些陌生的朋友一样叫我夏商。的确,如今的我被人叫出本名的机会是愈来愈少了,就像我写作的朋友常小东和花支,谁知道他们原来的名字叫陈小劲和李达新呢。

# 4

萧客在盘问者对面坐下来,他的内心一片混乱,这种场面对他来说毕竟是大姑娘上轿——头一遭。可是他的表情仍然很镇静,他目不斜视地看着浓眉毛青年的眼睛,他暗暗告诫自己千万不能首先将眼锋避开,这是一场心理战。他读过这方面的书籍,他想哪怕自己真的犯事了,也要有个好开场,他似乎有点不自信了,在心里骂了自己一声:你什么都没干,为什么要害怕。

他的瞳仁与浓眉毛青年对峙着,结果还是输了。在对方犀利的逼视下,原本笔直的目光不争气地化为了一片乱烟。浓眉毛青年笑了,萧客也笑了,脸上却带着轻蔑之情,翘立的嘴角仿佛在说,你是职业选手,刚刚做的不过是一门训练过几百次的功课,你赢在熟练程度上,有什么可以得意的呢。

药剂师忽然来了个跳跃思维,如果两名同样训练有素的警察来一次目光的较量会怎样呢。他用食指摸了下鼻子,皮肤上有一层虚汗,他把眼镜摘下来,用衣角擦擦,再把它放回鼻梁上,这时他听到浓眉毛青年的第一句盘问:"姓名?"

"萧客男1967年5月4日出生已婚浦东第四医院药剂师家住老西门金家坊……"

"没让你一口气说那么多，问什么答什么，慢慢来。性别？"

药剂师萧客说："女。"

浓眉毛青年看了萧客一眼，朝女记录员点点头，萧客看见女记录员在纸上写下了什么。

"你说的每一个字都是你必须负责的。年龄？"

药剂师萧客知道遇上了对手，他开始如实回答盘问者的提问。

"1967年5月4日出生。另外我是男的。"

"我们已经看出来了。"

"那你们把刚才写的改过来。"

"我写的是男。"女记录员说。

"你的家庭住址？"

"老西门金家坊北三路九号二楼。"

"单位？"

"浦东第四医院。"

"职务？"

"药剂师。"

……

……

"你认识这个人么？"真正实质性的提问终于开始了，女记录员走过来，递上一张照片。

药剂师萧客习惯性地把玳瑁眼镜朝上推推，出现在他瞳仁中的是一个漂亮姑娘的肖像，她大约有二十岁，或者二十五岁，这个年代，猜测年龄是件很费脑筋的事，萧客把脑袋抬起来："我不认识她，她是谁？"

"你再好好想一想，别这么快下结论。"浓眉毛青年说。

萧客只好再将注意力集中在那张照片上，看了半晌，他还是摇摇头说："对不起，我一点印象也没有。"

"你再想想。"

"我不认识她，是不是我一定要认识她呢。如果我不认识她，今天是不是就不能回去了？"

浓眉毛青年看着坐在对面的这个人，神情阴沉下来，短暂的沉默之后，他说："你再好好想想。"口气要比刚才严肃得多。

"我说过我不认识她，如果你们认定我犯罪就把我抓起来好了，绕什么圈子。"药剂师萧客大声说。

"我们当然是因为有人指控你才让你来的，但我们还是希望你能自己坦白，你说呢？这样吧，你先下去，好好想一想，我们另外再找时间聊。"

警察甲从门外走了进来，准备把萧客带出去，这时浓眉毛青年跟出来说："稍等一下，萧客，这是你的么？"

浓眉毛警察手指间夹着一张淡黄色的名片，萧客瞄了一下，点点头表示承认。

"这是我的名片,两年前我用过它。是的。"

"那时你是团委副书记?"

"是的。"

"那么你的社会活动应该很多。"

"是有一点,但不是很多。"

"会经常接触到陌生的女性,比如照片上的这位。"

"我没有印象。"

"她对你却记忆深刻。"

"她一定是认错人了。"

"那她怎么会有你的名片呢。"

"她是干什么的?"

"你猜猜看,你应该猜得出来。"

萧客一下子全明白了,他被耻辱深深刺痛了,他大声说:"你们把我当成什么了,我知道了,我全知道了,你们怎么可以仅凭一张名片就把我抓起来呢。我根本不认识这个女人,我为什么要认识这种女人呢。"

# 5

我和丛蓉坐在公安分局的门卫室,身边放着扎成一捆的衣被。出来接待的是一个老警察,他问我们分别是萧客的什么人,我说是一个朋友,丛蓉说她是萧客的妹妹,并紧跟着问了一句:"我哥哥犯了什么事?"

老警察说:"我也不太清楚,反正是不三不四的事情。"

我插言:"不会吧,萧客一直是遵纪守法的人,他还是党员呢。"

"党员又怎么样?党员中就没有坏人啦。"老警察做出一副不屑的模样,"实话告诉你们吧,弄不好这个党员就是流氓呢。"

"你这话是什么意思?"丛蓉问。

"什么意思?有个女人把你哥哥供出来了,那是一只'鸡'。"

我看见丛蓉清澈的眼底涌出了一汪泪水,她站起身扭头就往外面跑去了。

等到我处理完那些衣被的事,追出来,丛蓉早已不见了踪迹。

我站在分局门口发愣,不知道是否应该再去老西门金家坊丛蓉的家,但我去了能说什么呢,骂萧客是个混蛋?在一个过去的情人面前说她丈夫行为不检点,这有点过分了。这时常小东打电话过来,说我交给他的杂志有一本错了,他要的是《漓江》,我拿的却是《山花》。另外他晚上收到了一封寄自监狱的信,我们的朋友蒋希望我们去看他,他问我在干什么?我想了想说:"我这会儿正愁没地方去,得了,我先到你那儿坐一会儿吧。"

常小东的家在虹桥那边,离空港不远,我坐下后看了看那封蒋写来的信,我的这位朋友是因为女色入狱的。一个暗娼在被收审后供出了他，他被判了三年刑。这使我想起了此刻正在公安局里的萧客，我把今天的这个事件跟常小东大致说了一下，他不认识萧客，但听我说起过，看得出他也有点为我的这位朋友担心，我则感慨道，现在怎么有这么多鸡巴事呢。

我们后来又聊到些别的事，我的眼前一直在晃着丛蓉的面孔，她一直在哭。这使我心烦意乱。假如当初理智一些，我现在的老婆应该是丛蓉。当然这没有什么好说的，世界上的事就是这样的，根本就没有可能重来一遍。

丛蓉曾经暗示过萧客在追她，我一直没在意，基本是一笑了之。这不是表示萧客没法跟我比，事实上萧客是个很优秀的青年，我一直是很敬重他的，我之所以不慌不忙，是基于一个很私人化的事实，丛蓉已经是我的人了。我想大家明白这句话的意思。

丛蓉是个很传统的姑娘，她和我有了那件事以后哭了。我本来想早点结婚算了。可是结婚需要很多钱，虽然丛蓉说可以简单一点，但我是个很要面子的人，所以这件事就拖下来了。

在这种情况下，我没有想到丛蓉居然去和萧客看了场电影，而且被我撞见了。那天我刚好经过离她家不远的银河电影院，看见散场的人流中丛蓉和萧客正结伴而来，我愣住了。

丛蓉事后的解释是，萧客拿了电影票站在幼儿园门口等她，她实在不好意思，就只好陪他去看了。我大发雷霆，我说："你怎么可以单独和男人去看电影呢，你怎么让我相信这仅仅是一次偶然呢。"丛蓉哭了，后来她说："如果我们已经结婚了，我就可以名正言顺地拒绝他了，可是……"

常小东见我在出神，就提醒我一句："你准备好了么，去还是不去？"

他是问我去不去蒋所在的那个监狱。

我说："去看看他吧。"

离开常小东家，我就回浦东自己的小巢了。一路上我给丛蓉家打了几次电话，都是通后没人接，我想丛蓉应该回娘家了，出人预料的是，她竟然出现在了我们家那幢房的楼下。

她泪流满面，我就找了个邻近的咖啡馆，坐下来，看着她一个劲地哭，我想我能说什么呢，说什么都是废话。

# 6

萧客被关起来了，他扯着喉咙骂了几声，四周没有人理睬他，他只得蹲下来。发现屋里还有一个人，和他一样也戴了副玳瑁眼镜，衣着神态也与自己一般无二，他愣了愣，用手去扶眼镜架，那人也做了这个动作，走过去一瞧，原来是一面镜面铁皮做成的窗户。丛蓉现在在哪里呢？萧客斜靠在墙壁上又开始想这个问题，从他这方面来讲，担心是有一些道理的，毕竟夏商是丛蓉的第一个恋人。夏商和萧客只是一般的朋友，还有情敌这层关系，朋友便不会好到哪儿去，这是通常的情况。这次是夏商有事要托萧客帮忙，因为萧客他爹是浦东新区卫生系统的负责人，夏商后来办了个广告公司，有个外国奶商委托将一种婴儿奶粉打进医院，向产妇推荐此种奶粉，效果比电视广告好得多。夏商想婴儿食品事关重大，就做了详尽调研，了解到该奶粉获得了欧美食品安全检测机构的质量认证，在海外一直以品质著称，虽然比国产奶粉贵不少，营养价值和安全性却更有保障。利用公权力托关系做渠道虽然有违市场经济的公平，但能让那些乳汁不够的新妈妈多一个选择似乎也不是坏事，更何况那家奶商承诺产品保证和原产国一致，不会给中国婴儿吃品质降低的奶粉。这个承诺使夏商做了决定，所以来找萧客帮忙。当然事成之后，萧客也可以得到一笔佣金，利益当头，萧客答应了，还没坐下来谈，他却被关了起来。

药剂师萧客重新打量了一下四处。房间很小，那张铁皮窗户给人摇晃不定的错觉，房间的门不是封闭式的木结构，而是铁质栅栏。萧客吸了口冷气，直起腰板抓住栅栏门使劲摇。他又开始骂起来，这次真的有人来了，是一个秃头中年人，后面跟着警察。铁栅栏被打开了，秃头中年人走路的样子有点摇晃，可能是因为体形肥胖的关系，他坐下来，朝萧客苦笑了一下，外面已经黑了。萧客看着那个秃顶，他好像闭着眼睛，又过了一会儿，这个胖子还打起了呼噜。萧客心烦意乱地在屋子里走动，房间太小了，几步就要来个转身，萧客走个不停，他品尝到什么是困兽的滋味了。

　　萧客收到我们送去的衣被时已是当天晚上九点，他没有看见丛蓉，这时他已经吃过了晚饭，那是一盒盖浇饭，上面有一块肉、一只酱蛋和一些蔬菜，市价大约五块钱。截至上半夜，就是凌晨十二点之前，小房间里陆续被关进了六个人，连同萧客，一共七个，后来从交谈中知道他们都是因为那个照片上的女人而被羁押的。这七个人除了药剂师萧客外，名单如下：文学编辑宋，那个秃头的中年人。发电厂厂办秘书张，一个伶牙俐齿的滑头小伙子。炒货食品厂业务员王，此人话不多，喜欢咬指甲。大学讲师葛，口若悬河，好为人师。商标厂采购员唐，刚出差回来，一进门就哈欠连天，抱着一条不知谁扔下的破棉被就睡。船老大于，皮肤黢黑，声若洪钟，但表达常词不达意。

　　七个人在夜晚的光线下神情各异，在走进这间房间的一刻，无一例外地流露出沮丧之态。很快，他们开始互相打探别人为何被关进来，当他们听说是因为同一个原因时神态开始变得大不一样。药剂师萧客的脸抽动了一下，他注意到别人的神态也有各色表现，有人惊讶，有人冷漠，最让他意外的是有张脸居然在幸灾乐祸，那是讲师葛。

　　众人面面相觑，因为他们听到了讲师葛的笑声，他们不明白讲师葛为什么要笑，他们不觉得被稀里糊涂关起来有什么好笑的。

讲师葛一边笑一边用手一个个指过来,他的眼泪都快流出来了,他说:"我看你们怎么这么面熟呢?原来我们早就见过面啦。"

第一个反应过来的是秘书张,他心领神会地对讲师葛说:"我也认出了你,简直难以相信,我们会在这儿见面。"

"我们真的认识么?"船老大于仔细辨认着讲师葛,摸摸后脑勺说,"我怎么一点印象也没有呢。"

药剂师萧客忍俊不禁,终于扑哧一声笑了出来,说:"你怎么不明白他们在说什么呢?他们是说咱们的鸡巴见过面。"

船老大于这才回过神来说:"我是个大老粗,哪听得懂这么高级的下流话。"

讲师葛笑道:"不要紧,不要紧,我知道你粗。"

大家轰地大笑,船老大于也随之傻乎乎地笑起来,脸涨得通红道:"还是你粗,你粗。"大家笑得更厉害了。

"这鬼地方,连个月亮都看不见。"有人说了这么一句。

此言的潜台词是,我们被关在这么恶劣的环境中,却还像没事一样地笑,说话的是文学编辑宋。

"说实话",讲师葛环顾了一下四周说,"你们中间谁认识照片上的那个女人。"

大家面面相觑,都表示否定。

"你自己呢?老实交代,是不是和她有一腿。"秘书张问讲师葛。

"就知道你们会反过来问我,别说,我还真认识她。"

讲师葛这么一说,大伙都把头探过来,讲师葛说:"实际上那女的过去是我们学校里的一个学生,我曾经给她上过课。"

"原来如此,那你是近水楼台先得月。"一直没说话的采购员唐蒙着被子说。

这家伙脑袋睡了,耳朵和嘴不闲着。讲师葛看了眼墙角:"我就是有这心,也没那个胆,老师和学生睡觉,那还了得。"

"老师和学生睡觉的事不是太多了嘛,你这样说真矫情。"秘书张说。

"要是你和那娘儿们一点事没有,怎么也关进来了呢。"船老大于说。

"还不是因为那该死的名片。"

"名片算什么,他妈的只要不是总理,大街上什么头衔都能印。"

"问题是,那些名片真是我们的,那女的口口声声说和你睡过,你又有什么办法,这种事情本来就是两个人暗地里的交易,她死咬住你,你就是跳进黄河也洗不清。"

# 7

在咖啡馆里,我和丛蓉沉默相对。的确,我不能说出什么，因为我对她并无企图，也不能有什么企图。虽然我曾经是她的恋人，但已成了难以回头的过去，她也同样明白这一点。即便我仍对她有所爱恋，我也不能谴责她的丈夫，我假如那样说，意思就成了丛蓉你嫁错了人，你的婚姻是一个错误，因为萧客是混蛋，可是我又算一个什么东西呢。我不能在这样的背景下把我塑造成正人君子，我也有欲望，甚至就在此刻的咖啡馆里，在这略有情调的幽暗的灯光中，看见她楚楚动人的身姿，我依然会想入非非。可我还是明白，她已经永远不可能属于我了，我和她之间已经不可能再用丝巾联系起来了。某种程度上，爱情和电影或者文学一样，是充满遗憾的。毫无疑问，丛蓉选择我作为倾诉的对象是找错了人，我不是不想帮她，也许我比任何人都想在这种时刻帮她一把，但我真的不知如何言说，我甚至显得比她更加羞愧，更加不安。

丛蓉是个聪慧的女性，她一定是洞察了我沉默的原因，她并没有要求我说上几句，同时她自己也保持缄口不言，她的抽泣终于停止。"我想清楚了，"她说，"我知道自己该怎么做了。"

我被她的话吓了一跳，警惕地盯着她的脸。

她却把眼锋避开了，说："谢谢你，夏商，陪我这么久。"

我这时才注意了一下时间，已经凌晨两点了。

她离开了沙发，朝外走去，我便快速结了账，跟出来。

路上空旷极了，人非常稀少，在月色中，我发现她的背影特别孤独，特别单薄，我跟在她身后，低着头，她的投影在路灯光中被拉长又被缩短，走出去一段路，她停下了脚步，对我说："你先回去吧。"

"太晚了，我送送你吧。"我说。

"不用了，"她扬手招来了一辆计程车，钻进了车厢，她朝我挥了挥手。"我没事的，你快点回去吧。"她说。

就这样，计程车驶远了。

# 8

萧客他们这些人在说话的时候，有几次被外界打断，有人被叫到名字，然后登记后抱着一团衣被进来，这说明他们要在这儿待下去了，房间里的人都很沮丧，导致后来发生了一个小插曲，大致如下：炒货食品厂的业务员王是唯一没有收到家人送来被褥的人，所以他尤其显得不安和烦躁，所以当警察给船老大于送来衣被时，他忍不住和警察吵了起来。他在这里运用了一条法律，他说拘留是不能超过二十四小时的，他希望在明天傍晚时分可以被放出去。对此，警察的回答是肯定的，并且他立刻做出一个让人吃惊的决定，他对业务员王说，你现在就可以走了，我送你出去。谁也没猜出警察的用意是什么，结果是秘书张拍了下脑袋，说了他对此事的看法，大家觉得有理，就安静下来静候事情发展。估摸过了半个小时,业务员王果然又出现在大家面前,他描述了被带出去后的情节,果然与秘书张预测的差不多。

"那个警察把我带到了分局的大门外,对我说:'你现在自由了。'我看看他,他说:'你愣着干什么?你可以走了。'于是我开始往前走,走出去一段路,我以为自己真的自由了,就开始奔跑起来,可是后面摩托车追来了,在我前面停下,还是那个警察。他对我说:'上来。'我只得上了他的三轮摩托车,他又循原路开回来,下车后他对我说:'你已经出去过了,从现在开始,你在24小时内失去自由,在你的问题没有弄清楚之前,你仍有理由提出出去的要求。'"

……药剂师萧客一直在想心思,有几个念头搅得他情绪不安,他试图去发掘与那照片上的女人的关系,哪怕只是一面之交,他设想了好几个场景:咖啡馆、音乐茶座、某个小饭店、地铁车站,甚至百货商店的自动扶梯,但他都不能把那姑娘搬到相应的地点,他的脑海中根本就没有她的影像,他的头都快裂了。

此时此刻,<u>丛蓉</u>又在干什么呢?她也许已经知道他是为了什么被关进来的。萧客仿佛看见<u>丛蓉</u>站在眼前,朝自己怒目而视,他的手插进头发里,他不知道怎么对<u>丛蓉</u>解释,她会相信自己是清白的么,也许他已经没有机会解释了。

药剂师萧客打量着身边的这些人,他对他们并不了解,他认为他们当中肯定有人同照片上的女人有染,不过他不能瞎做判断,一切总会水落石出的。可是在真相暴露之前,任何人都是值得怀疑的,包括他萧客自己。

这天夜里,他们七个人躺成一排,开始睡觉。文学编辑宋对大家说,他早几年采访过睡在街道上的外地盲流,他们把这种睡法叫"晾咸带鱼",没想到自己今天也会被晾上一回。他深深地叹了口气,翻了个身像是睡着了。

# 9

目送着计程车远去,我在想,丛蓉为什么要冒充是萧客的妹妹,难道她事先预感到了什么。如果不是,她的举动又作何解释。丛蓉是敏感的,女人天生是敏感的,就像当年,为了一封寄自本市的信,她最终离开了我。那封信其实并不是她想象中的性质,它确实出自一位女性之手,我之所以故意不让她看,不过是为了要对她上次的违规来一个小小的报复。既然你可以与一位男士去看电影,又怎能要求我不与其他女性保持交往呢。我的确想造成这样一种效果,可不久我便发现犯了一个错误。她当真了,或者说,她不认为它是假的,是逗她玩的。那封信其实只是一位文学编辑的约稿便笺,我偏偏在她在场时,偷偷将它锁进了抽屉,还故意做出一副鬼鬼祟祟的样子。她察觉了,认定我有了别的女人,因为自己跟一个男人去看了场电影,所以男朋友就要去勾引别的女人。她的逻辑是这样的,后来她就渐渐疏远了我,乃至有一天她打电话来对我说:"我要去法国了,我们分手吧。"

我吃了一惊，已回天乏术，放下话筒，心中一片虚空。

我以为她在法国定居了，后来才知道，只是去法国探了一次亲，她的一位叔父在巴黎当土木工程师。两个月后她回到了上海，再也没有与我联络。直到有一天，我收到了一封请柬，她和萧客在扬州饭店已订好酒席。在那样的场合中，我"渡"过了两个多小时，我为什么要用"渡"这个字，就像在无边的水中，我奋力地朝时间的另一头游去。但我一点力气也没有，我多么想早点离席而去，可那样我又何必前来，我为何而来？是为了羞辱而来，不是新娘的羞辱，也不是新郎的羞辱，而是自己对自己的羞辱。这样的场景每个人一生中都应该经历一两次，它对今后的人生大有裨益。

## 10

经过了一个不眠之夜，从上午开始，七个被羁押的男人陆续被提出去问话。直到中午，大家才重新回到了小房间，从彼此的表情中，谁都可以看见自己的疲惫和沮丧。大家都在骂那个照片上的女人，他们众口一词，都说自己是无辜的，诅咒那个女人为什么要诬蔑他们。如果仅仅是因为她破罐子破摔，不在乎多加几位，那也实在是太混蛋了，要比她干的那件活还要混蛋一百倍。商标厂的采购员唐捎回来一个消息，他在被问话的过程中上过一次厕所，听到两个坐在抽水马桶上的警察说，那个卖淫的案子有二十多个人被抓进来了，局里也感到很头疼，那个暗娼包里有一大摞名片，三教九流什么都有，且都是男性，那个女人承认她和所有名片上的男人都上过床，等于要把剩下的人都要一个一个弄来关一关，这不变成笑话了么。

大家听了这个插曲，都默不作声，脸上却愤愤不平。后来讲师葛说："反正这件事真真假假搞不清楚了，你们想，有那么多名片，当中肯定有人真的和她干过，但肯定也有冤枉的，那女的可能自己都搞不清楚。她是个职业选手，那么多鸡巴在她身体里进进出出，她能记得住？就像守水果摊的女贩子，怎么能弄得清大街上的男人中谁曾买过她的香蕉呢。"

秘书张笑了起来："说不定那个女贩香蕉没卖出几根，自己倒吃了不少。"

房间里的人一阵大笑。

秘书张继续说："你说，那女人是你的学生，真是上梁不正下梁歪，人民把一个女大学生交给你，你却将她培养成一只鸡，你难辞其咎。"

讲师葛说："如果你和一只鸡睡觉的时候，你不会问她是不是大学生的，虽然有些鸡也会用大学生的名义去招揽顾客。"

秘书张怀疑地问："你真的没和那妞上过床？"

讲师葛说："没有，我他妈的为什么要骗你。"

秘书张说："反正我们中间肯定有人跟那女人有过关系，我很想知道是谁害得我们被株连进来，等到事情查清楚了，我非把他的鸡巴搞掉。"

"对，把他废了。妈的，可把老子害苦了，没吃到腥反惹了一身骚。"船老大声若洪钟的言语在房间里升起。

讲师葛说："你们何必气成那样，我给你们讲个关于幼儿园老师的笑话吧。"

在讲师葛兴致勃勃地讲他的黄色笑话的时候，萧客的目光与文学编辑宋不期而遇，他们注视了对方好一会儿，才将目光移开。药剂师萧客一直在观察谁是这些人中真正的嫖客，他猜测文学编辑宋也在做同样的判断，最后他们相视一笑，因为彼此心照不宣，笑得有点尴尬。

在这个特定的空间里，谁不在互相猜疑呢。萧客想。

萧客和文学编辑宋跟着大家一起笑起来，他其实对这种笑话并没有很大的兴趣，他之所以笑，完全是为了掩饰掉方才自己的内心活动，他不希望在这个时候区别于他人。

他的笑非常短促，因为讲师葛笑话里幼儿园教师的职业使他又想起了自己的妻子。此刻丛蓉在干什么呢，他的眉峰渐渐聚集起来，这时，秘书张提议大家来做猜拳游戏。

# 11

萧客在那个房间里满怀愁绪的时刻，我和常小东在一江之隔的浦东某中餐馆对花支描述着上午去周浦看望蒋的经过。当然在讲到蒋的时候，我也想到了萧客，随即又仿佛看见了丛蓉伤心的模样,我有点担心萧客也会像蒋一样被判刑。我有点走神,常小东手里卷着我上午交给他的《漓江》,把探监的情景讲了一遍。

常小东说:"为了看蒋,我早上六点钟就起来了,从虹桥那边赶到浦东南码头,再坐班车直达周浦。那儿有个平板玻璃厂,蒋就在那儿服刑。蒋的父亲和我们一起去,七点钟夏商准时出现在车站边,他家离那儿不远。然后大家就上车,大约开了一个小时,在一个安静的没有车牌的站我们下了车,蒋的父亲在前面带路,我和夏商跟在后边,大约走六七分钟,中间要经过一条窄长的甬道,然后是大片的庄稼,我们就看到了很高的有电网装置的围墙,这是后门,是接待犯人亲友的地方。我们先用身份证登了记,然后站在一边等着被叫到名字。"

我插了一句:"有点像唱票。"

常小东笑了一下,继续说下去:"这个等的过程比较长,大约有三刻钟,我和夏商只好溜达,地方本来不大,溜达不到哪儿去。后来我们看到了一块大黑板,上面是表格,给犯人打分。我们找到了蒋,他的分数很低,可能说明他工作得不是很好。夏商还找到了一个叫李连新的名字,开玩笑说一定是李达新的哥哥。"

花支在一旁骂了一声:"妈的。"

常小东又笑了一下,再说下去:"那块黑板旁边又有一块,比较小一点,上面也是一个表格,写着犯人的经济情况，干的活折算成钱，然后除去开销，我们发现蒋的账面上有两百多块钱，也是比较少的，就嘲笑他肯定是不好好劳动。夏商让我注意那堵围墙，围墙旁有座哨塔，上面有个荷枪的士兵，我们对着那堵墙比划着，算计着从这头爬到那头的可能性。那个士兵警惕地注意着我们。蒋的父亲跑过来说蒋马上要出来了，让我们准备好，我和夏商各拿了两百块钱交给看守，看守给了我们收据，接着就听到唱蒋的票，我们就进去了。接待分三个等级，最好的一种是一张桌子面对面讲话，时间比较长。次一等也是一样，但时间短些。最差的第三种，隔着一层玻璃，中间有一段铁丝网，我们就是这种。蒋出来了，长发没有了，留了个板寸头，看到我和夏商，他尴尬地笑笑。我们就开始说话，无非是问问彼此的情况，我们希望他好好改造，反正刑期已过了一半，自由就在眼前了。他说他现在又开始写小说了，已经写了几个中篇，准备还要写长篇。我和夏商都劝他暂时不要写长篇，现在长篇太多，如果不是特别好，不太好卖。显然他看见我们很激动。他比过去瘦了些，皮肤有点苍白好像还有点发绿。不能盯着对方久看，因为那层铁丝网使脸变成歪歪扭扭的，眼睛很容易花。这样说了十分钟，就结束了，蒋被带走，但他有点不甘心地看着我们，像是要和我们一起回家，我和夏商不太好受，忙把脸别过去了。"

花支说："里面还能写小说倒是蛮好的。反正他还年轻，出来也不过30岁，一切还能从头开始。好了，我们换个话题聊吧。"

常小东问我:"你那个关进去的朋友放出来了没有。"

我说:"不知道,还没有消息。"

花支问:"又有谁被关进去了?"

我说:"一个朋友。你没有听说过,是我另一条线上的朋友。"

## 12

所谓的猜拳游戏就是"剪刀石头布",这是一种大家耳熟能详的中国游戏。秘书张说:"我们采用轮番淘汰制,最后一个出局者将被假设为那个嫖客。"

他的主张得到了大家的响应,没有人反对这个游戏,因为那样会被认为是做贼心虚。

比赛从秘书张和讲师葛开始,秘书张出了把剪刀,讲师葛则是一块石头,秘书张输了。

秘书张还有机会,因为业务员王和采购员唐那边也决出了胜负,业务员王用一块布包住了采购员唐的石头。于是采购员唐和秘书张又比了一场,这次秘书张赢了,他用一把剪刀撕开了采购员唐的布。但采购员唐还可以与输给文学编辑的药剂师萧客比一次。总之他们绕了一个很大的圈子,最后剩下两个失分最多的人,这两个人中将有一个假定的嫖客会"脱颖而出"。

这两个人是业务员王和船老大于，最终被淘汰出局的是船老大于，结果一出来，大家就开始起哄，要船老大于交代跟那照片上的妞干起来是不是够味。

船老大于憨厚地傻笑着，脸憋得通红，分辩道："我明明没和她睡过，怎么知道够不够味嘛。"

"不行，你得老实交代，看不出你年过半百还有这心思。"秘书张装出一副义愤填膺的样子，仿佛船老大于真的成了那个嫖客。

旁边的人则看笑话。

船老大于一蹬腿说："不来了，我明明没干过，非要让我说，你们看看我可像是能编故事的人。"

大家见船老大于红了脸，就过来劝，船老大于说："我不是输了发急，我也想编一通瞎话让大伙乐乐，可我太笨，弄不成，我急的是这个。"

吃过午饭，大伙又开始闲聊。萧客没有加入说话的队伍，蜷缩在墙角闭目养神，他心里其实乱极了，他有种不好的感觉，好像有什么重大的事情要发生，他的头垂在膝盖之间，使人看不到他苦不堪言的表情。这时，他听到有脚步声在门外停下，他把头抬起，有人打开铁锁："于大海出来。"

船老大于直起腰问："叫我？"

"是你。"后面又补充了一句，"别忘了把自己的东西拿好。"

"你说我可以走了？"船老大于傻愣在那儿。

"该干什么干什么去。"

船老大于就开始收拾东西,随后就被带走了。

……船老大于刚一离开,大家就凑在一起嘀咕,船老大于是这个房间里第一个被释放的人,接下去又会是谁。毫无疑问,每个人都希望下一个就是自己。

具有讽刺意味的是,船老大于是"剪刀石头布"这个游戏的出局者:一个假定的嫖客。他的被释使人们产生了荒诞之感,大家面面相觑,各怀鬼胎。

药剂师萧客再次将脑袋藏在膝盖间,他以这种姿势抵制着内心不安的预感。

## 13

在中餐馆,常小东、花支和我边吃边说着话,打听一些朋友的近况和彼此间进入小说的方式。此类聚会机会并不多,因为平日大家都很忙,忙并不是坏事情,也会有一些副作用。但忙比不忙要好,不忙更容易出毛病,什么地方都会出毛病,赋闲在这个时代可不是什么好词语。

我的BP机震动起来,使我腰间的一小块皮肉有点发麻。我把机子摘下来,按了显示键,屏幕上显示:你的手机打不通,请收到寻呼后打我家里电话。丛蓉。

我查看一下手机,发现电池没电了,我就换了一块,然后往丛蓉家打电话。电话通了却没有人接,我只好等了一会儿,大约五分钟后再拨,通了,还是没有人接。这样,我在一个多小时里打了五六次,每次都通,却没人接。我感到很奇怪,又去看BP机上的内容,这时我反应过来,丛蓉说的可能是她的娘家。我连忙拨了一个,通了,有人摘了话筒,我听到丛蓉母亲的声音,她的声音我还比较熟,毕竟差点成为我的丈母娘,她也听出了我的声音,问我怎么这么久没有音讯,是不是把她忘了。我只好糊弄了几句,然后问丛蓉是不是在。话筒那边说:"丛蓉刚走不久,说是出门散会儿步,你找她有事么。"我说:"没有什么事,回头她来了让她给我打个电话。"

通完话,我们三个人又继续神聊了片刻,然后就分手了。

我独自一个人走在东方路上,这是浦东比较繁华的一条商业街。浦东有很多路采用了山东省的地名,如潍坊路、即墨路、临沂路、崂山路等。东方路刚辟通时叫文登路,之所以改为现在的名称,缘于沪语中"文登"与"坟墩"谐音,再加上浦东开发,"东方"这个词非常热门,一下子涌出了诸如东方电视台、东方人民广播电台、东方明珠电视塔、东方城乡报、东方商厦、东方航空公司、东方医院等单位,作为当时浦东的龙头商业街,东方路也就顺理成章地应运而生了。

离开大街上熙来攘往的人流,我走进了一家商店,到玩具柜买了把枪。我两岁的儿子还没有一把枪,他有很多车,这小家伙看见车就发疯一样地大叫,但我觉得适宜男孩的玩具是枪，我们小时候谁没有玩过枪（或者弹弓）呢。

我去账台结账的时候，经过了一个专柜，许多花花绿绿的丝巾悬挂在那里，我的脚步就停留在那里了。那些丝巾在我眼中模糊起来。终于，我看中了其中一条，它有湖泊似的淡蓝的颜色，上面有类似肌理的隐影，质地有点垂坠，和皮肤有着相知相亲的触感。我把它买了下来，连同那把枪一起放进包内，走出了店门。

这一天我并没有接到丛蓉的电话。晚上我拿枪逗儿子玩的时候，家里的电话响了，我连忙抓起了话筒，里面传来的却是表哥嘹亮的嗓音。我有点失望，当然不是对表哥失望，在那段时刻，只要不是丛蓉，任何人的电话都会让我失望。

## 14

从前天傍晚被关进来到现在，萧客他们迎来了第二个早晨。这天下午，又有两个人被释放了出去，一个是炒货食品公司的业务员王，另外一个是商标厂采购员唐。需要指出的是，在此之前，这两个人恰巧也输了猜拳游戏，业务员是上午输的，采购员唐则输在被释放前一个小时的那一局上。他们的态度比船老大于要好，没有抵赖，而是牛皮烘烘地各编了一个故事，业务员王编得尤其好一点，由于涉及的内容过于下流，就不赘述了。

这样，房间里就剩下了四个人：讲师葛、秘书张、文学编辑宋以及药剂师萧客。他们的脸上都有点挂不住,特别是前两位,明显没有以前活络了,先后重获自由的三个人给他们的心理压上了沉重的负担,就如同一个渐渐缩小的包围圈,真正的违法者即将原形毕露,紧张与不安不言而喻地逗留在残余下来的四个人脸上。"他妈的,"秘书张骂道,"连根烟也没有,我肏他妈。"

这天晚上,讲师葛突然发起了高烧,冷得缩成一团,看守叫来了一个医生,是位同样穿警服的中年人(与一般警察不同的是外面披了件白大褂)。他给讲师葛初步诊断后发现了早期肺炎的症状,为了避免传染,讲师葛被抬了出去。这样屋里就只有三个人了,空间不再显得局促。

三个人说了一宵话,谁都没有心思再睡觉。凌晨四时左右,一只老鼠钻进了秘书张的裤筒,秘书张像被引爆的鞭炮一样被炸得老高,他降落的时候一脚踩在文学编辑宋的脚踝上,这次意外导致了文学编辑宋的骨折。药剂师萧客异常清晰地听到了一声清脆的断裂声,恍若一根竹筷的对折在静谧的夜晚刺穿了他的耳膜。他惊坐而起,看见一条黑影在眼前掉下,正是跌倒在地的秘书张,而文学编辑宋的惨叫几乎在同一时分划破了四周的黑暗和岑寂。

## 15

萧客被关进去的第三天下午,我接到了他的电话,他说刚被放出来,给家里打电话,给丛蓉娘家打电话,她都不在,问我是不是知道她在哪儿。

我说:"我不知道。"心里在想:我知道她在哪儿不是怪了。再说,即便我知道她在哪儿,我怎么又会对你萧客说呢,不是惹事么。

"你还是去问问傅建玲吧,她说不定知道。"傅建玲是丛蓉幼儿园的同事,也是她最好的小姐妹。

萧客就在电话里与我道了别。

我把电话压在叉簧上,思忖丛蓉到哪儿去了呢,心里隐约觉得有点不妙。

……过了些天,我在街上遇到傅建玲,问起丛蓉的情况。傅建玲说丛蓉和她住在一起已经有段日子了。萧客曾经来过一次电话,后来就没有了消息,我问:"为什么呢?"

傅建玲说:"丛蓉把肚子里的孩子打掉了。"

我愣了一下:"丛蓉怎么可以这样做呢,真是没有想到。"

其实我是想到的,但这个得到证实后的结果依然让我吃惊。傅建玲说:"很久没有看见你了,你的小孩很大了吧。"

我说:"是的,会叫爸爸了。"

傅建玲说:"小孩叫什么名字?"

我说:"夏周,夏周。"

忽然,我想起了那块蓝丝巾。它有湖泊似的淡蓝的颜色,上面有类似肌理的隐影,不知道被我放在什么地方了。

## 16

一些阳光的片断折射进了这个小房间,药剂师萧客看着秘书张,离他们不远的坐便器里漂浮着一只死去的老鼠,像秋天里凋零的最后一片叶子。

在这个无聊的午后,药剂师萧客和秘书张再次玩起猜拳游戏。

不过他们没能玩出结果,整整六七分钟,他们的手势完全相同,当他们即将决出胜负的时候,药剂师萧客看见铁栅栏门外,那个三天前抓他进来的警察乙正在把门锁打开。

写于1997年6月4日

嫌疑

# 寻找一个角色

## 1

1959年1月31日,格雷厄姆·格林搭上了一架从布鲁塞尔去利奥波德维尔的班机。见鬼,他千里迢迢竟只是为了去寻找一个虚构的人物(一个连名字都尚未诞生的冥想中的角色),尤为糟糕的是,作家并未察觉此举乃自欺欺人。

当然,此类寻踪几乎在所有作家身上得到过印证。说穿了,他们要印证的不是生活而是灵感,世界上究竟有无灵感。事实上,的确有许多人为了得到一个愿望中的果实而投身到现实中去了。对格林来说,非洲是一个可以提供精神养料的所在(至少在构思《一个自行发生病毒的病例》时是这样),但倘若换了玛格丽特·杜拉斯,她的目的地则将是被占领的印度支那以及忧伤的湄公河畔。要知道,如果你试图使自己的小说变得神秘,那么把故事的发生地放在偏远的地方无疑是行之有效的手段。那样非但能满足自己敏感的好奇心,而且也将为故事添加异乡的情调,你所想勾勒的绝望感与有关心灵挣扎的过程亦会从容而贴切地表达出来。

我想象中要去的地方是一个海边小镇,那儿的人个个老谋深算，像患了聪明病一样。我要找的人叫池水，是镇上电影院的放映员，是一个命中注定的悲剧人物，故事的切入口就可以放在他身上。

## 2

从我居住的这座城市去那个地图上不起眼的角落需要在路上颠簸三天两夜。我是星期三凌晨登上长途车的，星期五下午到达了这个叫缺月的小镇（这是因为地形酷肖一只破损月亮的缘故）。我在镇东找了家私人旅店住下，旅店老板是个兔子脸老鹰眼的年轻人，不大爱说话，一下子也判断不出他是怎样的一个人。

我放置好行李，倒在床上打了会儿盹（坐长途车是最累人的一种远行方式）。用过晚餐，仍有点困，但想起此行的目的，便强行打起精神出了门，我不知道此时几点了（我不喜欢戴表，所以总是以怀疑的态度去对待时间）。猜想夜场的电影可能已开映了，我向电影院走去，脚步有点飘，眼睛半开半闭着，额头上好像另有一只眼睛在提醒着我，我想那只眼睛大概就是人们常说的天眼吧。

走到电影院时电影还未开映，等待的人们在草地上散步或闲聊，我去售票处买了票。大约又过了五分钟，开始进场了，我随着人流涌入，然后闪到一旁，拐弯从旁边的楼梯走进放映室，一个二十出头的小伙子看着我。

"你找谁?"

"池水。"

小伙子很奇怪。

"池水?他早就不在这儿干了。"

"他去哪儿了?"

"失踪了很久了,没人知道他的下落。"

这完全出乎我的预料,池水居然失踪了。我无精打采地下楼步入场内,找到位子坐下,我累了,把头靠在椅子上。

电影打出片名:嫌疑。

## 3

《嫌疑》叙述的是一个离奇的故事,这是一部缓慢的影片,由于在叙述上背叛了观众的欣赏习惯,影片在播映时怨声不断,开映不久就出现了退场,爆满的场内至少减去了三分之一的观众。同时,场内开始了大规模的换座行动,以至于笑声、骂声和椅子的吱嘎声把电影院变成了一座春天的森林,大约过了一刻钟,周围才趋于平静。这时我发现左侧换了一位观众:一位胖老头变成了一个姑娘。这可是一个意料之外的人物,她的出现无疑会打乱我小说原先的构思,然而事实上,我却不愿意放弃这近在咫尺的人物,这完全是此次远行的意外收获。

侧面看这个姑娘,映入我眼帘的是一条巨大的曲线而非别的，我敢肯定我首先看到的是她的乳房，它们扑向我，像一对厉害的拳头向我进攻。我闭上眼睛，它们变成一对轻盈的翅膀悬浮在空气里，一晃一晃，折磨着我，于是我干脆睁开眼睛去欣赏现实中的这对宝贝。我这样放肆的注视持续了很久，奇怪的是我的芳邻竟像眼角没有余光似的毫无知觉。

## 4

电影散场，我跟着我的芳邻走出很远，四周是可以捏碎的黑暗，她纤长的背影在地上延长，我跟着她，上前搭讪还是就此放弃使我进退维谷（若离去，则还来得及遵循原来的构思）。正在此刻，我看见了池水（这是原来的构思），他很高大，站在一盏路灯下，接着闪进了一条巷子。池水的出现使我不再犹豫，我放弃了跟踪那位姑娘，去追池水，不料那是一条通向迷宫的巷子。七弯八拐，墙壁多得像日历，池水马上把我甩了。我只好从群房中退出来，返回到街上，那位姑娘也不见了。

## 5

回到旅店，仰倒在床上，想起我的芳邻，那对拳头又来进攻我，打在我眼眶上，化为翅膀在空中乱飞。我感到烦恼，拧亮了台灯，我在床柜上发现一张字条：我在隔壁。落款是当日，没有署名。

虽然不知凶吉，我还是去了。

隔壁的房间与我仅一墙之隔，一出门，转身就到了，那间房敞着门，一些淡绿色的光在摇晃（原来的构思中没有这个场景）。我看见一个女子从椅子上站起又坐下（像女皇一样威风凛凛），我没有看清对方的面目，只是看到一个巨大的淡绿色光芒中的轮廓，它那么大，真是奇怪，也许是一种放大出来的"大"，具有摄人心魄的气派。

"请坐吧。"她在昏暗中做了个让座的手势。

"当然，应该找个地方坐下。"我看不清椅子在何处。

"这儿。"她的手指了指自己的右侧，那儿果然露出一把椅子的形状。

我便过去坐下，心里很平静，但疲倦感又来了，我打了一个哈欠。

女人告诉我她就是电影院里的芳邻。我一愣，转过头去，我认出了她，她那惊心动魄的乳房。

女人告诉我说在电影院内感受到了我的目光。她喜欢那种火辣辣的注视，认为那是对女性魅力的真实赞扬。

又说她也同样察觉到了我的跟踪，并对我的中途离去感到失望。她曾暗中放缓脚步，当发现身后的人影消失后，眼光中充满了失落。

她说完这一切，站起来，走到我跟前，身体靠近我，抱住我的头，把我的面孔贴在她的胸间，让我嗅她从领口中散出的香气。

# 6

次日晌午，在大街上。

我观察着来往的行人，这些缺月镇的居民走起路来慢吞吞的像在散步，脸上都很安详，没有老谋深算的眼睛，不像患了什么聪明病，这同我开始的构思有出入。在没来缺月镇前，我以为它是一个与众不同的地方，我想，如果这儿的人都异常聪明，就会比常人多一个心眼，说话做事就会出人预料，那样故事的细节与线索就可能引人入胜些，当然这只是我原来的想法。这种想法带着那么点魔幻现实主义的色彩，魔幻现实主义不就是喜欢把平常的人与事搞得玄乎么。

我又想起了昨天晚上的事，那真是一个奇异的夜晚，我陷入了艳遇，结果却拒绝了一位俏姑娘的勾引（其实是拒绝那位姑娘的再次出现）。要知道一开始我根本不想在这个故事中出现女人，我想写一部纯男人的小说，杜绝所有女人。不错，没有爱情，没有香味，没有床上戏，可如今一切都乱了套，她又来了，站在离我不远的一座小桥上，手臂里夹着一幅画。她看见了我，羞愧的红霞挂在两腮（昨夜奉献时的勇气何处去了呢），于是我走近她，这情景仿佛牛郎织女鹊桥相会，这时我思忖还是把这个姑娘留在小说里吧。我就为她想了个名字：梅妮。

"这是一个好名字，但是没有意味。"我想。

# 7

我和梅妮在桥上互致问候的时候,行人在一旁穿梭不停,他们看着桥上的这对男女,走出去很远仍很不礼貌地回首张望,于是我们走开了,桥那边有片树林。

沿着河,走了六七分钟,首先是一排杉树,入林后,可以看到更多的树:矮松、苦楝、刺槐、柞、椴,还有枫和山毛榉,在开树的展览会似的,再走下去,出现了一块空地,空地上有一间很大的木屋,漆成光怪陆离迷彩服的颜色,令人联想到一支舞动的笔。

"谁的酒后杰作?"

"难道你觉得我是一个醉鬼?"梅妮反问。

"喔,对不起,可是这算什么?"

"这是一幅画。"

我用怀疑的眼神看着梅妮。

她笑了,为了证实那的确是一幅画,她带着我走近木屋:"你看,这是一条蛇,那边,左上,有一只酒杯,还有这是一只钟,那儿还有麦地,这是另一条蛇,这是蓟草。"

"经阁下一指点,我不再怀疑它是画了。"

梅妮得意地笑了,打开木屋门走进去,少顷,她的脸从打开的窗子里探出来,生动的笑使她的嘴唇看上去略显歪斜。我逼真地看清了她的面目,我们相互注视(她也是第一次看清我的模样吧)。她的眸子又大又亮，整个面孔仿佛少女一样年轻（十四岁？十六岁？绝不会超出十七岁），我又看到了那对诚实地停栖在她胸前的翅膀，她穿着丝麻质地的衬衫，双手支撑在窗框上，因为没有风，她的身上没有波浪，她轻微的起伏（她的呼吸）和衣料柔软的皱襞形成一股诱人的波浪，这股波浪堆积在她的胸口和臂弯上，就像她的笑容一样迷人。

然而她的身体并不属于她的面孔，它们都是那种摄人心魄的妙构，却无法妥协，它们不是一种物，而是把一种花接在另一种花上（玫瑰和鸢尾花的加法），一张稚气未脱的脸与一个少妇的身躯连在一起，它们是如此不近情理，又是那么惊心动魄。

我走向木屋，走到梅妮身边，搂住她纤细的腰肢。她笑着，我把唇贴在她唇上，把她的笑吃进嘴巴，可她的笑太多了，怎么也吃不完，我刚吃下她的一个笑，她的另一个笑又出现了，她无穷无尽地笑，而我能吃掉的仅是她绵绵不绝的笑中的片断。

我吃下如此多的笑，它们渐渐在我胸腔内膨胀，可我仍在吃下更多的笑，最后几乎要把身体撑破了，我不得不停下来，我的嘴唇一离开梅妮的嘴唇，忍不住也哈哈大笑起来（梅妮的嘴唇是一只甜蜜的活塞），我笑得控制不住，眼泪也流了下来，我足足笑了有五分钟，最后肚子被掏空了一样，瘫坐在椅子上。

这是一间大约有四十平方米的木屋，屋里有几把椅子，一张床，一些完成或即将告竣的油画和水粉画，桌子上放了老式录音机以及一些杂物。

这些东西很平常，放在一起也不特别，可有一样东西却让我吃了一惊，这就是站立在屋子中央的一个巨大的牛的标本。

# 小丑汉斯

## 1

小丑汉斯是一个人给另一个人起的绰号，是一个女人给一个男人起的绰号，这个绰号得自于德国作家海因利希·伯尔的一部著名小说，由于这个绰号后来叫惯了，以至于本章主人公的原名遭到了遗忘。

在缺月镇，小丑汉斯家是望族，他的外祖父是土改后第一任镇长，他的父亲是卫生院院长，母亲是供销合作社副主任，而小丑汉斯本人却是一个高中毕业后闲逛于市的浪荡子。

浪荡子不等于花花公子，浪荡子是游离于正常社会秩序之外的人，而花花公子则是游离于正常伦理秩序之外的人。浪荡子追求的是生存环境的放肆和随意，花花公子追求的却是情爱环境的放肆和随意。当然在现实中不乏既是浪荡子同时又是花花公子的人，小丑汉斯显然不属于此类，他仅仅是一个浪荡子而已。

物以类聚，人以群分。小丑汉斯有两个同样是浪荡子的朋友，我们姑且这样称呼他俩：维特（这是歌德笔下的角色，一个绝望的情场败客，他是一位爱情的悲观主义者，和汉斯一样，他不是花花公子，而是一个纯粹的浪荡子），盖茨比（这是一个情种的名字，不幸的是他正好是个情种。他曾是缺月镇上为数不多的大学生之一，但是在临近毕业前夕，为了一个心爱的姑娘他提出要同一位来自北京的研究生决斗，结果被学校开除。他的堕落是缺月镇上轰动一时的新闻，他与以上两位的不同之处是，他既是一个浪荡子又是一个花花公子。当然，他的名字也不新鲜，这个名字曾使菲茨杰拉德获得了空前的声誉）。

这三个人臭味相投，整天待在一起，比亲兄弟还要亲密，维特是老大，盖茨比居中，小丑汉斯最小。他们结拜兄弟时，杀死了一只偷来的鸡，然后仰脖喝下滴入了鸡血的酒，发誓有福同享有难同当。

平时他们聚在一起除了吹牛、逛街，剩下的便是喝酒。每次喝酒，他们中的两位就联手将另一位灌得酩酊大醉，下一次由另两位合作，再把剩下的角色弄得神志不清，这种颓废的游戏主宰了他们的日子，他们甘愿浸淫其中并感到其乐融融。

不过再有惯性的生活方式也会有变化的时刻。有一天，在小镇的咖啡馆里，维特偶尔碰见了高中时的同学，一个叫梅妮的俏姑娘，梅妮的出现使这三个浪荡子平静的生活猛烈摇晃起来。小丑汉斯首先表示出了他对梅妮的好感，紧跟着盖茨比也说他对梅妮情有独钟，这哥俩的针锋相对使当大哥的维特相当为难，他不希望为了一个姑娘弄得弟兄不和，最后他想了一个无奈而公正的办法：抽签。

维特从扑克牌里挑出红桃皇后，写上梅妮的名字，然后背过手把牌打乱。

"好了，你们一人摸一张。"

盖茨比和小丑汉斯都觉得这是一次不失公允的赌博，他们一人摸一张牌（就像决斗场面中一人扣一下左轮手枪的扳机），彼此的脸都涨得通红（他们不是在摸一张牌，而是在争夺追求一个姑娘的资格，尽管那个被夹在牌中的美人对此还浑然不知）。终于在摸到牌的第四十七张时，结果出来了，小丑汉斯拿到了那张牌。他激动极了，看着牌笑了，老大维特举起他的左手："好了，你赢了。"

从那一刻起他们达成了协议，帮助小丑汉斯完成他的计划，对此盖茨比并不情愿地同意了，但他又附加了一个条件，就是如果小丑汉斯在三个月内仍不能得到梅妮的爱，那就轮到他出场。

可怜的小丑汉斯在这三个月内像苍蝇般追逐着他的梦中情人。我不知道小丑汉斯当时是不是童男子，有一点却是毋庸置疑的,他对追求姑娘根本是门外汉,除了苍蝇般在梅妮身旁嗡嗡个不停外,简直想不出别的任何招数了。我们知道梅妮是位画家,出门写生是她每天必备的功课,晨出午归是她的作息规律,这种规律很快就被小丑汉斯掌握了。他早早起床去等梅妮开门,然后就陪着她在某处风景前呆呆地坐上一个上午,终于有一天,梅妮答应他为自己背画夹,他高兴极了,乘胜追击邀请梅妮看电影,出乎意料梅妮也答应了。

那天晚上因为下雨,梅妮迟来了一会儿,然后和小丑汉斯一起进了电影院。电影已开始了,但这没有关系,小丑汉斯心思根本不在银幕上,他一刻不停看着身边的美人,后来壮着胆子去碰梅妮的手,那是一只冰冷的小手,冷得像一把刀子。小丑汉斯不相信地看着梅妮,他碰了梅妮的手,这是第一步(何尝不是全部),他很感动,又去碰了一下,手确实是冷的,不是冷,而是一种彻骨的凉意。这种凉意沁入小丑汉斯每一个毛孔,使他整个人变得麻木。就在这时,他被一只麻袋套住了,一只很大的麻袋从天而降,把他裹得严严实实,紧跟着,冰雹似的拳头砸在他的脑袋和身体上,他在麻袋内哭爹叫娘,如同一只大虫子扭来扭去,怎么也挣脱不出来。他大声喊着救命,却无人来救他,他被人高高举起来,似乎在一个人的肩膀上,后来他听到了雨声,很大很密的雨声,然后他的身子慢慢飞了起来,他被扔进了雨中,像被什么硬物撞击了一下,他的骨头仿佛被全部震碎了,他躺在雨声中一动不动,二十分钟后,才被闻讯赶来的家人抬了回去。

## 2

小丑汉斯的情场失利使老二盖茨比暗中眉开眼笑。因为按照原先的协议，他事实上已获得了对梅妮的追求权。

在上一小节我曾说过盖茨比既是个浪荡子又是花花公子，相比傻乎乎的小丑汉斯，盖茨比完全称得上是个情场高手。

盖茨比勾引女人的老练在于他熟稔女人的喜好，事实上，早在小丑汉斯挨揍之前，盖茨比就开始暗中了解梅妮了，他点点滴滴从维特那儿询问梅妮读书时的情况，最后一个大致完整的轮廓就逼真地竖立在盖茨比面前了。

盖茨比看见这样一个梅妮：漂亮、孤傲、不合群、功课优异、喜爱读书、绘画天赋卓绝，喜欢穿黑衣服，高一时就有发育得很好的身材，是班上女生中的最高个。父亲是镇上的电影放映员，母亲很早就死了。另外她还有一个爱好，吹泡泡糖。

所以盖茨比第一次走到梅妮跟前时，嘴里也故意放了块泡泡糖。他嚼着它走近梅妮，好像嚼一块口香糖似的，梅妮认出了他，谨慎而礼貌地笑了一下，他叫了她的名字"梅妮"，趁她一愣的关头，他又向她问安："你好。"

"你好。"梅妮说。

"刚写生回来？画了些什么，可以看看么？"

"随便乱涂的东西，不值一看的。"

"也许恰恰是另外一回事呢,还是看看吧。"

面对一本正经的央求,梅妮不好再拒绝了,把画夹递给他。

盖茨比接过来,打开,像行家一样琢磨着画面,"不错,很有功力,色彩和阴影的搭配颇具匠心,美中不足的是,这儿一个农妇似乎画得偏大了些。"

梅妮惊讶地看了眼盖茨比。

"没料到你真是内行,我正准备把这个农妇改成一匹老牛。"

盖茨比不露声色地笑了,事实上,为了在短期内把自己培养成一个美术鉴赏家,他浏览了大量的有关图书,专门去了县城,借来了美术辞典、画家传记和作品集。他大口大口咽下那些并不算有趣的知识(与我吞下梅妮的笑有什么两样呢),他的努力没有付之东流,不管是敏捷的判断力也好,不管是瞎猫逮到死耗子也好,他的确指出了那幅习作上的瑕疵:一个画得略大的农妇。

这个高明的发现无疑使盖茨比跨出了成功的第一步,盖茨比深深明白这一点,在征服一个女人的肉体之前,首先要征服的是这个女人的智力,特别是对一个身为画家的知识女性来说,这种智力上的征服实在是太重要了。

果然,盖茨比的手段获得了成功,很快他就同梅妮形影不离了。他陪梅妮外出写生,陪梅妮散步,他如饥似渴地阅读各种美术书籍,现炒现卖刚从书本上批发来的知识,他让梅妮越来越相信自己是这一领域的行家，到最后连他本人也不再怀疑自己是一名美术权威了。

当然，了不起的盖茨比绝不会仅仅局限于在专业上与梅妮斗智斗勇，除了刻苦地收集美术知识外，盖茨比并未忘记梅妮还有一个吹泡泡糖的爱好。于是他干脆将左边的一只裤袋腾出来，把它变成一个储藏泡泡糖的小仓库，在梅妮作画的休息间隙或者散步时的某个沉闷时刻，吹泡泡糖比赛便成了调剂对方情绪的最好处方，梅妮可以将泡泡吹得又圆又大，盖茨比却不行，比赛每次都以盖茨比的惨败告终，但这是盖茨比的一个花招，他明白用这种惨败可以换来梅妮美丽的心情。

从上面的叙述可以看出，盖茨比无愧于情场高手这个称号，他用渊博的美术知识换来了梅妮的崇敬，又用惨败的吹泡泡比赛换来了梅妮的欢心。在本一节告一段落之前，盖茨比还将自豪地告诉你："最后我用一件漂亮的黑色长裙换取了梅妮的童贞。"

## 3

在小丑汉斯挨揍的那天晚上，梅妮认出了身后那个脸上蒙着黑布的大个子是谁。事实上，这次袭击并非小丑汉斯所认为的梅妮事先安排好的圈套。这完全是一次意外事件。当然，梅妮的确对她的这位追求者没有好感，但也仅仅停留在厌烦这个词上。她觉得小丑汉斯只是一个可怜的大孩子，他的胡搅蛮缠固然在一定程度上扰乱了她的生活，但梅妮确实不认为凭此就应该让人饱小丑汉斯以一顿老拳。

当时，在小丑汉斯握住她手的时候，她心中除了反感，还怀着一种深深的同情，一种掺杂着冷笑的同情。她想把手抽回来，却没有那样做，她任由小虫一样的手指在皮肤上爬来爬去，虽然讨厌，却没有缩回手，她在试探自己的承受力么？

接下来，也就是梅妮如坐针毡，小丑汉斯沉浸在虚幻的幸福之中的时候，麻袋从天而降了。梅妮吃了一惊，她差点叫了起来，嘴巴却被身后伸出来的一只大手捂住了。她瞪着惶恐的眼睛望着身旁发生的一切，她看见那麻袋就像一只肥大的老鼠准确地抱住了小丑汉斯，她看见小丑汉斯在麻袋内痛苦挣扎，紧接着那个人的拳头就没头没脑地砸了下去，麻袋内传出小丑汉斯悲惨的哭喊声，观众丛中一片混乱，可没有人上来劝阻（真是世风日下的准确注解）。梅妮僵直地站起来，看着凶狠的打手，那人黑布后的眼光也正看着她，她马上认出了是谁，这更使她吃了一惊，她默默地背转身，一言不发地离开了这块是非之地。

# 4

小丑汉斯平白无故被人揍了一顿，又被扔在雨中淋了那么久。对他来说，简直是一场惊魂噩梦，他万万没有想到梅妮的心肠竟会如此歹毒，他又恨又怨，让两位前来看他的结拜兄弟一定帮他报仇雪恨，他们凑在一起想了许多计策，老二盖茨比却坐在床铺的另一头始终没有吭声。起初维特与小丑汉斯并未注意到盖茨比的异常表现，他们构思着一个个复仇计划，心满意足地哈哈大笑起来，好像已经看到那对俘虏——梅妮和那个打手——正跪在地上苦苦向他们哀求似的。

笑完了，他们一起把眼光投向了盖茨比，这才发现他半天没说过一句话。

"怎么啦？"维特推了下心事重重的盖茨比。

"没什么，我也正想着办法。"盖茨比回过神来。

"想出什么办法了没有。"

"想出了一个办法。"

"什么？"

"我来追求梅妮。"

小丑汉斯气得差点从床上蹦起来："这算什么？简直是落井下石，谁说过我放弃了。"

"我是怕你小命丢了。"盖茨比冷冷地说。

"不行，三个月还没到呢？"

"那好，还有六天，我就再等六天。"盖茨比离开前又回头加了一句，"你知道惩罚梅妮这种女人的最好办法是什么？那就是，征服她的肉体。"

盖茨比一走,小丑汉斯哭了,他立刻把对梅妮的怨恨转嫁到了盖茨比身上,他对维特说:"我再也不想见他,他是个不讲情义的混蛋,一个下流坯。"

可仅仅过了一会儿,他又破涕为笑:"还是让他去找梅妮吧,让他去找吧。"

其实他的真实想法是,接下来的倒霉蛋就该是盖茨比了,他说"让他去找梅妮吧"的真实意思是"让他去找揍吧"。他对自己的猛然觉悟感到欣慰,他躺了下来,把头靠在枕头上,觉得自己正在慢慢摇起来,如同睡在一片满足的树叶上。

这片树叶摇摆了没多久就停了下来,维特告辞后,小丑汉斯陷入了深深的焦灼之中,他开始担心盖茨比说的话,担心盖茨比会真的占有梅妮。少顷,他又否定了这种想法,他仿佛看见了盖茨比被揍得变形的面孔,他幸灾乐祸地笑了。

就这样,他一会儿紧张,一会儿满足,一会儿坐起来,一会儿躺下去,直到迷迷糊糊进入了睡乡。

# 5

因为梅妮的缘故,维特三兄弟保持了多年的友谊一夜间瓦解了。梅妮就仿佛是出现在一座根基牢固的城堡中的一支破坏力很大的玫瑰,这支玫瑰原本那么娇嫩,但它渐渐坚硬起来,就像注入了某类专会膨胀的液体,它钻入城堡底部,像一把铁锹一样将城堡连根掘起,将它变成了废墟。

# 6

为了使昔日牢固的城堡重新复原,现在,老大维特成了往来于盖茨比与小丑汉斯之间的信使。为了使这对反目的兄弟早日和好,老大维特磨破了嘴皮子,他颠过来覆过去劝了近两个月,那对曾经的兄弟终于被说动了,答应到维特家里一聚。

见面那天,维特备了好酒好菜,小丑汉斯很早就来了,跟维特一起忙了老半天,等一切忙得都差不多了,他和维特一人泡了一杯茶,等待盖茨比的光临。

说好晚上六点准时到的,盖茨比姗姗来迟,六点三十五分屋外才响起了敲门声。

维特去开门,门外站着盖茨比,他笑吟吟地看着维特,身边还站着梅妮。

这完全出乎维特的意料,也使站在一边的小丑汉斯惊愕地张大了嘴巴。

当然,这酒是没法喝了,盖茨比不是来和好的,他用这种方式来参加聚会明摆着表达了他的动机:与小丑汉斯决裂。

盖茨比和梅妮坐了没十分钟就推说有事告辞了,看着他们相偎相依的背影,小丑汉斯像被重重地扇了一记耳光。

# 7

羞愧、悔恨和嫉妒交织在一起,像蚕一样咬噬着小丑汉斯的心,耻辱将他的自尊啃成了千疮百孔的桑叶,小丑汉斯咬牙切齿地诅咒盖茨比,"这个混蛋,不得好死。"昔日的同胞手足成了不共戴天的仇人(女人实在是祸水)。"不得好死的下流坯。"小丑汉斯骂个不停,的确,他希望盖茨比死,希望他从这个世界上彻底消失掉。对小丑汉斯而言,只有盖茨比的死才能释尽他心头的怨恨,修复他支离破碎的自尊。

但第二天早晨,当小丑汉斯从气喘吁吁奔来的维特口中得知盖茨比昨夜被人杀死在桥边的树林里时,他还是惊呆了,木然地站着一动不动,他的泪水流了下来。那一刻,盖茨比的面孔清晰地浮现在他脑际,许多逝去的老画面一幅幅展开,他想起许多盖茨比的好处,那些好处是不经意的,微小的,但它们像翻飞的小云朵一样把小丑汉斯吞没了。小丑汉斯泪流不止,他已忘记了盖茨比给他带来的心灵伤害,他的难过是真心实意的,他眼中流出的不是鳄鱼的泪水,而是完全来自内心的悲伤。然而这仅仅是他哭的第一阶段,过了一会儿,他抹干眼泪,对维特说:"这是老天的报应,否则他怎么会死呢。"说完他背过身去,想起了昨天盖茨比趾高气扬的神态,盖茨比欺负他的一些小事瞬间涌上了他的心头,他重又被怒火点燃了,他开始庆幸盖茨比的死,他想盖茨比是因为坏透了才被老天杀死的。这样想着，又流下了泪，但此刻的泪与方才并不相同。如果说方才他是用泪水来哀悼盖茨比的话，那么现在的泪水则是在洗刷他自己的耻辱，他开始想盖茨比的坏处，他把那些坏处加起来使它变成一种强大的仇恨，然后他用仇恨来抵消盖茨比，他用仇恨的方式来忘记盖茨比，因为盖茨比是他亲密的人，对于死亡，任何人没有办法，人们总在一个人死后去回想其生前的好处，结果愈加肝肠寸断，而小丑汉斯用了一个多好的办法：用仇恨来抵消怀念。这样，在盖茨比这件事上，他完全得以解脱。

# 8

盖茨比的尸体裹在一只很大的麻袋里，围观的人面面相觑，不相信这么年轻的人说死就死了，他的尸体被人弄出来，面部已是五官不清，人群中一个老者说："怎么打成这个样子，简直将脸充作靶子了。"过了一会儿，维特和小丑汉斯红着眼睛从人群中挤到了尸体旁边，他们看了盖茨比一会儿，默默走开了，他们从好朋友身上看到了生命的无常，他们完全被同情和自我同情笼罩住了。

# 9

凶手很快查清了，是电影院的放映员池水，他是一个五十开外的鳏夫，和一个女儿相依为命。出事那天池水没有上班，而且更重要的是，据知情人暗中揭发，两个月前小丑汉斯在电影院遭人毒打，凶手用的也正是套麻袋的手法。当时有人认出了他，但因为畏惧他的强悍体魄而无人告发，眼下出了人命，加上贴出了悬赏告示，这样告密者便络绎不绝了。可是，当破案人员冲进池水的家时，他早已失踪了，于是大家更肯定了池水是凶手无疑，公安机关还发了通缉令。

## 10

池水的女儿梅妮（池水也姓梅吗？）在父亲畏罪潜逃后不久嫁给了镇卫生院院长的儿子小丑汉斯。不错，作为一个画家，梅妮的精神是高贵的，但作为一个生活中的人，她面临了出生以来从未有过的窘迫。父亲的逃跑使她的生活面临绝境，她是画家，但至今尚未售出过一幅画，她靠父亲的微薄收入过着清贫的日子，而现在连这些也失去了。在这种情况下，她嫁给了穷追不舍的小丑汉斯。

她身不由己的嫁出并不完全是损失，事实上她至少得到了一间梦寐以求的画室和她买画册颜料所需的钱。在这场金钱与婚姻的交易中，真正作出牺牲的是小丑汉斯。

为了梅妮，小丑汉斯激怒了包括外祖父在内的全部亲人。娶一个杀人通缉犯的女儿？这对于小丑汉斯家族来说不啻是奇耻大辱。他们在放弃与决裂之间让小丑汉斯做出选择，小丑汉斯挑了后者，这样他提前获得了属于他的一份房产和钱财，然后从家里搬出来，住到自己的房子里去。他在维特帮忙下把一排六间的瓦房变成了镇上唯一的旅馆，这成了小丑汉斯夫妇婚后赖以生存的资产。

这场婚姻成了缺月镇上最大的新闻，人们像说笑话一样议论它：一个镇上最无赖的富家子弟娶了镇上最漂亮的穷姑娘，这种畸形的婚姻只能说明一个问题，即现实中不平衡的杠杆在特定生存处境下可以借平悬殊。

当然，小丑汉斯明白，他与梅妮的结合是一次注定要失败的姻缘，盖茨比的幽灵在他们中间游来游去，就像一条忽隐忽现的大黑鱼从他们共同生活的第一天起就缓缓游来。借着灯光，小丑汉斯看着赤裸的梅妮。昏暗中，她光滑的肌肤神秘地发着光，小丑汉斯刚从这片光里脱出身来，他盯着梅妮的躯体，它是那么无动于衷，一对大眼睛清澈地盯着天花板。从走入洞房起，它就死了，变成了一只柔软的木偶，以奉献的姿态卧于床畔，小丑汉斯感到了极度的空虚，他涌过一股冲动，撕碎身边这个女人，把她的躯体撕成棉絮，但他的怒火瞬息间熄灭了，他叹了口气，靠着梅妮躺下，双肘交叉在脑后，他看见梅妮直起腰把灯关上，然后在黑暗中哭起来。他问："梅妮，你哭什么？"

他一边问一边打开灯，他看见床的那头梅妮背向他而坐，那是一幅完整的裸体，石膏般洁白和腻滑，它在发抖。

"我哭盖茨比。"梅妮说。

小丑汉斯惊呆了:"你说什么?"

梅妮避开他胁迫的眼睛,目光投向天花板。

"是的,我永远也不会忘记盖茨比。"

小丑汉斯忍住不使自己怒吼,冷笑着反问:"难道刚才与你做爱的也是盖茨比?"

"不,是你,但比这更前面的是盖茨比。"

梅妮自豪地抬起头,她看见哭丧着脸的小丑汉斯恐怖地盯住她,一个字一个字地说:"你、收、回、刚、才、的、话。"

梅妮摇摇头,重新熄灭了灯。

长久的黑暗和沉默使这对新婚的仇人彼此听得见对方的呼吸。忽然,小丑汉斯换了一种轻松的口吻说:"不,你忽略了关键的一个环节,在电影院里,我触摸了你的手,你的手也是你的身体,在抚摸它的时候我已经触摸了你的全部,一个女人的手和别的什么器官有什么差别,你永远也无法从身体上抹去我的印痕,也永远无法忘记这个我占有你的晚上。"

这一席话尚未结束,梅妮便悲恸起来,不错,小丑汉斯击中了她的要害,她既赎不回贞洁也赎不回傲慢。她一边哭一边用头撞击膝盖,把头发弄得满脸满腮都是,最后她呻吟着靠在床架上,有气无力地望着丈夫:"你真是一个小丑,小丑汉斯。"她说完这个从小说书上看来的绰号后开始放声大笑。

# 背 德 者

## 1

在木屋我看见一个巨大的牛的标本。但它没有引起我明显的吃惊,倒是让我想起了我的一位画家朋友的故事,我的这位朋友曾从西藏带回来一只小孩的头颅,两者相比,牛的标本就只能算小巫见大巫了。我看了它片刻就把目光移开,对站在窗边的梅妮说:"这只牛真是气派。"

"那是我用第一幅画的收入买的。"

"真的很气派,你迄今已卖出了多少画?"

"并不多,不过够我糊口。"

"这木屋也是用卖画的收入造的?"

"不,这是和小丑汉斯婚后造的,只是如今我把它买了下来。"

"也就是说你什么也不欠小丑汉斯的了。但昨晚你仍在那家旅店里,维系你们的又是什么呢?"

"没有任何东西维系我们,旅店里仍保留着我的一个房间,事实上,我至今仍与小丑汉斯保持着名义上的夫妻关系。"

"那么说你不是每天都去旅馆。"

"那儿对于我只是一个季节的仓库,我的许多衣服和生活用品在那儿,换季了我才去那儿。"

"那么说我俩还有点缘分。"

"也许我们是有点缘分。"梅妮为我沏了杯茶,"最近我有个预感,小镇上会来一个特殊的陌生人,他不是一般的过客,而是怀着某种特殊的使命而来,我不知道这个人是不是你,如果是,你也许可以帮我一个忙。"

"我正是那个人,可我帮不了你什么忙。"

"你可以帮我找到父亲。"

"池水?不,我无能为力。"

"你能找到他。"

"你为什么这么急切地要找到父亲?"

"我要亲手杀死他。"

"为盖茨比报仇?"

"为我今后的灵魂归于平静。"

"我不明白的是,你父亲为什么要杀盖茨比。"

"他不愿意另一个男人来抢夺他的女儿。"

"畸形的爱?"

"扭曲的爱。"

"这是一个悲剧。"

"他理应得到惩罚。"

"然而他也许永远也不会再从人世间出现了,他无影无踪了,我真的无能为力。"

"你害怕了，怕被牵累。"

"不，事实上昨天晚上电影散场后我曾看见过他，我试图靠近他，可他从我眼皮底下逃跑了。"

"你不会不知道他的去向。"

"我不知道。"

"你骗我，我知道你绝不会空手从缺月镇离开，至少到目前为止，你来缺月镇的目的并没有达到。"

"是的，也许我会再遇见池水，但杀人的事不会允许再发生。"

"这是谁也阻挡不住的，你这是怜悯在作怪。"

"你是被仇恨冲昏了头脑。"

"我会跟踪你，直到杀死我想杀的人。"梅妮咬牙切齿地说。

## 2

现在，这个故事已与我的初衷完全不同，我原来的构思几乎一点也没有保留下来，我被自己拉入了情节的沼泽地。我把梅妮留在小说里实在是一个不可宽恕的错误，可现在，我已无法赶走她，她每时每刻跟踪我。我陷入了两难境地，我若不再见到池水，小说便不会完整，若见到，我便成了梅妮的帮凶。

我只好按兵不动，等待时机。梅妮为了更好地监视我，非让我搬到木屋去住。就这样，我在树林里和梅妮过起了同居生活。当然我们的结合有着相当大的功利性。我们互怀鬼胎，我们做爱，却又彼此设防。梅妮果然是个风情万种的女子，我不知道这样说是赞美还是贬低她，她把头发盘起来，无论是做爱还是画画她都打开收音机，放"甲壳虫"的歌曲。这段不算短暂的日子是我们纵情欢乐的时光，欢乐使我付出代价，纵欲使我感到力不从心，终于有一天我在梅妮身上品尝到了失败的苦果，梅妮仿佛料到会有这么一天，冷冷地说："你终于厌腻了我。"

我向她解释这纯粹是出于身体的原因，和厌腻根本沾不上边。

梅妮仍坚持自己的态度。

"不是身体，而是心，身体是心的工具，心麻木了，身体就跟着丧失活力。"

我十分生气。

"不是这么回事，心和身体是脱离的。有些人的心虎虎有生气，身体却离开了人世，反之，有些人身体强壮，心早已憔悴而死。"

"这只能说明前一种人是天生的脱俗者，他们厌倦了红尘，扔掉一身臭皮囊，飞到天上去了。后一种人则是因为粗心而卑微，既飞不上天，又不愿下地狱，只好留在世间自虐。"

我没有料到梅妮居然会把一次关于做爱的话题提升到如此高度，我翻了个身，伪装打起了呼噜，梅妮把我扳过来，在我肩胛上猛击一拳。

"不许睡觉,除非你承认已厌腻我。"

她的手不甘心地握住我柔软的生殖器,它像一只没有充过气的小橡皮套,蜷缩着,任凭那只手攥住毫无反应。

"你这是在羞辱我,使我变成了一个丑陋的老太婆。"梅妮哭出声来。

我睁开眼睛,梅妮俯视着我,几颗泪珠掉在我的鼻子边,咸丝丝地钻入我的嘴巴。梅妮的乳房悬挂在我的目光里,它们那么沉,仿佛轻轻一摇就会像果实一样掉在我胸膛上,我抬起下巴碰了碰它们,告别似的吻了一下。我下了床,走到桌子边去穿衣服,我一边扣扣子一边对梅妮说:"我回旅店去,我不愿意为了这种事闹翻脸,我有点真的讨厌这种无休无止的性交了。"

"不是性交,是做爱。"

"好吧,做爱,可我也同样讨厌。"

"可你以前曾那么迫切,你厌腻了我,这才是真相。你走吧,我再也不想见到你了。"

## 3

我出了木屋,已是半夜。走在阒无人迹的树林里,不知何故,我有点慌张,这个夜晚连月亮也没有,恍惚听到身后窸窸窣窣有脚步跟来。我想此刻从梅妮那儿出来实在是一个冒险，我不是怕鬼，鬼在我心中只是一个丑恶的神话，对一个唯物主义者而言，怕鬼是愚昧可笑的，可我意识到今夜要出事，我所怕的是突如其来的人，有句老话叫明枪易躲暗箭难防。在缺月镇这个陌生的地方，安全是我最担心的。当然，我乃一介书生，没有钱，也无探宝的地图，至少表面上瞧不出被暗算的理由。可一个人的预感总有点道理，我来缺月镇将近一个月了，还没来得及去真正了解这个小镇，在刚来此地的时刻，我满怀信心和希望，以为会找到故事所需要的一切线索，事实上到了小镇之后非但未按照原来想好的计划去明察暗访，反而一头扎入了梅妮诱人的怀抱。我沉迷于爱欲，浑浑噩噩度过那么长时间，直到身体背叛了我，我才从情欲中苏醒过来，正因为觉醒是如此姗姗来迟，一离开木屋就立刻警觉地想到了自己的小说，我被故事中虚拟的悲剧气氛震慑住了。走在树林中，每走一步，身后跟踪的脚步就会在耳中清晰一些，我觉得这片树林无比广阔，简直没有勇气能走完它，为了壮胆，我轻轻哼起了歌，我装模作样地哼着，调子是"甲壳虫"的《黄色潜水艇》。由于紧张和害怕，我的牙齿在打架，调子都抖掉了。身后的脚步声仍在继续，糅合在我失真的吟唱里。我的脚都要软了，就在这时我看见了树林边缘的那排杉树，我小跑起来，我耳后的脚步也在追上来，我想我是在劫难逃了，我干脆停下来，转过身去看，在我转身的一刹那，一只巨大的麻袋罩住了我，我摔倒在地，我的头肩腰遭到连连重击，我立刻猜到了袭击者是谁，我在麻袋内大喊:"池水,我知道是你,停下来,我有话对你说。"

外面没有答话,而是一记猛于一记的进攻,我知道这样下去将必死无疑,我在麻袋内哭起来,为自己悲惨的下场而哀悼。我不再呼救,连呼吸都困难,我怎么还有力气叫喊呢。

就在我几乎要窒息的时候,外面的人不再打我,不仅如此,我还听到了一记男人被硬物狠揍后的惨叫,接着是扑通一声有人倒地的声音。有人抓住我的脚用力往外拖,我马上给予配合,用手撑住地,身体往外拱,我的背出来了。由于求生心切,还把麻袋接缝的地方绷开了,我的屁股又被人踢了一脚,接着我又听到了搏斗声。从相互的喘息中我分辨出那是一男一女,我立刻听出女的就是梅妮,我忍住痛又往外拱了几下,昏头昏脑站起来,身旁的搏斗声还在继续,我却帮不上梅妮的忙,我被揍得不轻,眼睛睁不开了,黑暗中两个人影扭在一起,我却靠在一棵树上喘息,那对厮打的人也在喘息。从那喘息声中可以感受到他们彼此仇恨的程度,突然男的大叫起来:"啊,别抓我的头发,你快把我的头皮撕掉啦。"梅妮并不松手,我的耳畔响起了清脆的耳光声,它们稠密而凶狠,以至于在树林中泛起了回声(为此我做了个实验,在静谧的小树林,用手掌去拍打一块吊在桠杈上的肉,结果响起了一种很清脆的回声)。由于头发被控制,对方失去了反击权,他终于被打翻在地,梅妮回头招呼我,让我帮忙把他装入麻袋。我立刻觉悟过来，想起自己在麻袋里受煎熬的滋味，报复欲顿时滋长起来。我走了过去，蹲下刚要动手，地上的人却使我吃了一惊，完全出乎我的预料，他不是池水，而是旅店里那个兔子脸老鹰眼的年轻人。我像是变成了一块生锈的铁不再动弹，意识到被自己欺骗了。

## 4

我们费劲地把麻袋拖回木屋，精疲力竭倒在床上，一蠕一动的麻袋里已没有哀叫声，我斜眼看了一下梅妮，她漂亮的五官遭到了指甲的破坏，衣服也凌乱不堪。她下床走到麻袋前说："先弄出来，这样闷死了岂不太便宜他。"我就和梅妮一起把烂泥一样的人弄出来，梅妮找来绳子，把俘虏的四肢绑在牛的四条腿上，这个类似耶稣受难的模样令我暗自叫绝，一个人仰在地上，头顶是一副巨大的牛的标本，活脱一幅超现实主义的画面，真是亏梅妮想得出来。

"真没料到会是小丑汉斯。"

一切停当后，我们重新回到床上，看着那个差点使我丧命的凶手，我开始怀疑自己的判断力。

"是的，我也没有料到，现在我一切都明白了，这个疯子，使我被迷雾蒙住了眼睛。"梅妮咬牙切齿道。

"你准备怎样处置他？"我问。

"你说呢。"

"不管怎样,反正我不允许再有杀人的事发生。"我说。

梅妮轻轻叹了口气,站起来走到窗前,过了片刻,她又踱过来,在我身边坐下。

"知道我为什么想杀我的父亲。"

"为盖茨比报仇?"

"这仅仅是一个原因,"梅妮突然掩面而泣,"几个月前我曾遭人强暴,作案者也用麻袋套住了我,我一直以为那人是自己的父亲,这使我自尊尽失。"

"你是说那个强暴你的人是小丑汉斯,你的丈夫?"我怀着双重的惊讶提出质疑。

"这也许不合常情,但不会错,他的心理居然如此卑劣,制造了那么多假象,就是因为想满足自己阴暗的心理。"

"可麻袋套人不是小丑汉斯的专利。"我说。

"是的,是我父亲给了他灵感,他用这办法杀死了盖茨比并嫁祸我父亲,然后再迫使我嫁给他,他干得非常干净利落,全镇的人都被他蒙骗过去了。"

"可你确实已嫁给他,也没有拒绝与他同房,他对你的强暴又做何解释呢。"

"当然此事无法用常识去解释,这不是对肉体的强暴,而是对心灵的强暴。当然作为名义上的妻子,我从不拒绝他,但我只能做到不拒绝,而不可能去迎合他,我把身体奉献出来的同时,灵魂已飞出了体外,它好像就停在天花板上,嘲笑地看着床上一个男人在折磨一具毫无生气的躯体。

当然这个男人也意识到这一点,他只能把所有的怒火倾泻在身下,他又掐又咬,他愈是这样,天花板上我的灵魂就愈是觉得好笑。这样,他对肉体的钟爱和肉体的主人对他的憎恶成了无法化解的矛盾。他厌恶这个矛盾,于是就暗中盯梢我,择机强暴我,强暴使他获得了心灵的主动权,这样我就无法再嘲笑他,他把我变成一个孤立无援的受害者,我的灵魂再也无法逃出体外,他占有着我,在我的身体和心灵上真正烙上耻辱的印痕。"梅妮泣不成声。

我同情地看着她,掉头用憎恶的眼神注视被绑在牛腿上的小丑汉斯,他的兔子嘴巴一张一合,饱斜着我。

"梅妮,"我将梅妮搂过来,用一种无限动情的语调说,"告诉我,小丑汉斯暗算我,是不是因为我是你的情人?"

梅妮点了点头。

于是我爬下床走到小丑汉斯跟前,我说:"这是一个荒诞的夜晚,我们将为你的煎熬而做爱。"

我把做爱这两个字说得响亮而斩钉截铁,然后我返身走向梅妮,为她解去身上的破衣服,她的皮肤红一块青一块,布满搏斗的伤痕,我吻着这些伤痕,听见小丑汉斯在歇斯底里地号叫。

"你们停下来,梅妮,停下来,否则你们都会死的,你们会死的,梅妮,我会连你一块杀的。"

然而这威胁根本无济于事,我和梅妮像初恋情人那样在床上打起滚来,我们彼此抱紧对方的背脊,忘记了身上的伤痛。

小丑汉斯号啕大哭起来。

"别这样,求求你们,别这样,就算你们干了,我也不看。"

我回头对小丑汉斯说:"你这是自欺欺人。"

小丑汉斯痛苦地扭动起来,牛跟着不住晃动。我补充道:"当心别摇散它,否则它会把你砸个半死。"

小丑汉斯被吓住了,不敢再动,看着在床上翻滚的情人,嘴里骂个没完。

## 5

我们昏昏睡去,这次报复小丑汉斯的交欢本质上与其他做爱没什么区别,看上去我帮了梅妮的忙,然而并不能为她夺回自尊,我的所作所为非但不能在她头上罩一顶光环,而且根本就是一时冲动的蹩脚恶作剧。我挺身而出,在一对合法夫妇中间充当英雄,理直气壮地伙同别人的妻子一起对付她的丈夫,这不是胡闹么。

次日一早,梅妮惶恐地推醒了我。

"不好了,小丑汉斯不见了。"

我大惊失色,和梅妮在树林中四处搜寻,哪儿还有小丑汉斯的踪迹。

回到木屋,梅妮对我说:"我不相信小丑汉斯是自己逃跑的,你看牛身下有一摊血,我想他是被人杀死后劫走的,我看趁镇上的人还未发觉,你还是走吧。"

我说:"这种时候我怎么可以走呢。"

我的意思是,假如我现在临阵脱逃不是太不仗义了。

梅妮说:"你走了就是帮我,你想让人捉奸成双么。"

我不好再多说什么,只得点头同意。

"晚上七点有班长途车,你收拾一下行李。"梅妮说。

"我会给你写信。"我说。

"不用。"

我摇了摇头,开始整理我的行李(我的缺月镇之行就像一次没有航标的漂游,再待下去也不见得会有什么收获)。一个小时后我出了门,梅妮说:"我不送你了。"我回头说:"以后有机会来我们那个城市千万来找我。"梅妮笑着说:"等到我变成老太婆时或许会来开画展。"我说那也不晚,梅妮听了,眼圈一红,返回了木屋。

我去了长途汽车站,候车室是一间简陋的房子,我仰在一张破长凳上休息。下午五点刚过,我被人摇了几下,睁开眼睛,看见梅妮站在我身前,她递给我一幅尚未干透的油画,画着我的肖像。

# 6

梅妮走了,长途汽车来了,我跟着几位乘客一起上了车，车子开起来了，我开始低声啜泣。

后来有一个人轻轻唤了我的名字，我抹干眼泪去看，是池水。他戴着帽子，帽檐压得很低，我朝他点点头，他也点点头，我们没有说话。

长途车经过一夜奔驰，在一个很小的驿站停下来，司机和乘客都下去吃饭解手，我和池水没有下车，我问："是你把小丑汉斯劫走的？"池水点了点头，笑着指了指脚边一只鼓鼓囊囊的麻袋，"我说今后你怎么办。"池水苦笑着摇摇头。我说："一生一世？"池水点了点头。

我下了车，在一家又小又脏的旅馆里充了饥。十分钟后，我听到了汽车的喇叭声，这是催促上车的信号，我便在怀内揣了几枚熟鸡蛋奔过去，上了车我没有再见到池水，我知道他已成了一个自由的人。

写于1993年12月15日

看图说话

# 1

这个画面我们都目睹过：一个天真的小男童拉开小裤衩，一个可爱的光身洋女童伸头往里看……这图片在中国大陆特别是沿海城市传播得较为广泛。早在1989年我初写小说那会儿，该图片便在本城寻常人家流行了，由于构图中表达出的幽默感和温馨气氛颇合现代人口味，它被大量印刷在月份牌或明信片上，一时间处处可觑见其踪影，这张图片可算出了名，人们对它不再陌生，我当然也一样。

记得在当时，除了该图片，还兴起了魔方热。今天回忆起来，仿佛这两件东西是同时被引进的。当然它们之间本身并没有什么联系，却透露了一个信息，改革开放了，新鲜的东西一拥而入了。

与此同时我作为一个习作者的生涯也开始了，像魔方进口一样，很多国外的文学思潮和流派也开始出现在我们的视野里。由于新奇的写法很多，我们这些初学者一般只钟情于一两门功课。我那时迷恋的是法国的"新小说"，尤其喜欢罗伯·格里耶。读了他的《橡皮》《去年在马里安巴德》和最著名的《妒忌》，我一下子爱上了这个法兰西小老头。当时我很迷恋"先锋派"这个词，为形式主义而走火入魔。为了捍卫激进的文学主张，我与其他一些年轻人组成了精神同盟，刻意把自己塑造成艺术家的模样：蓄须、留辫、剃光头发、涂鸦大量作品，毁掉，然后再写，自觉非常牛屄。

用今日的眼光看当初，可以发现我们是多么幼稚，不成熟的作品占据了我们的绝大部分创作。中间出现了"伪现代派"，可惜当时我们被一腔热血冲昏了头脑，根本意识不到艺术也有真伪。今天说这些话或许要得罪人，可我很早就想一吐为快了，我相信我说出了一些人欲说还休的话。

如果放在今天，如果你说我是一个通俗的小说家，一个煽情故事的传播者，我不但会欣然接受，还会向你致谢。可如果在当时，我也许就会因此与你割袍断义。

我前面说过，那时候我非常迷恋于小说的形式，简直到了挖空心思的地步，功夫不负有心人，我终于得到了一个灵感。

我准备用"看图说话"来写一部小说。"看图说话"是小学启蒙教育时所用的一种作文方法，看一幅或数幅画衍生出它的故事。如果用这种方式来作一篇小说，肯定是趣味盎然的，而且最有吸引力的是它的不可重复性。一旦有了第一部作品，就不会再有第二部，如同罗伯·格里耶的《妒忌》，世上只有孤本一件，此后不会有人愚蠢至用同一形式去临摹它了。

主意已定，便开始寻找作文的图片。读者们一定会猜到，我选中了拉开裤衩的小男童的这张图。没错，我选中了它,因为它那样流行,即刻便闯入我的视野,我准备用它作为小说的底片,这是一个顺理成章的选择。

但我后来没能写出那部小说,原因是我和一个朋友合伙开了一个咖啡馆,忙忙碌碌,把这个构思耽搁下来了。

等到我重新开始创作的时候,已是1993年,文坛发生了巨大变化,形式主义开始走向没落。随着年龄的增长和阅历的堆积,我对小说也有了新的认识,对曾经迷恋的形式开始厌倦,所以我后来写的小说明显地趋于常态,文字干净,结构稳定,情节性趋强,照从前那些哥儿们的话说,我开始媚俗了。

其实我上面的开场白,无非要阐明一点,我不会再用任何花哨的形式去构建小说了,我在初习小说时所构思的"看图说话"也会束之高阁,等待另一个习作者去发现并完成它了。

就在这时我却意外地认识了夏娃。不久,亚当也在我的生活中出现了。

# 2

大约半年前,我骑车途经本城静安区的一条小马路,一个三十岁出头的少妇从背后骑来,从车筐里拿起一只网球拍,拍在我后背上,把我吓了一跳。

回头去看,居然是方苇。她原是我一个好朋友的爱人,在一家电视机厂当会计,她嫁给我好朋友后一直没能有个孩子,后来就因为这个缘故离婚了。他们分手后,我那个好朋友很痛苦,酒后吐了真言,说自己很对不起方苇,方苇不能生育其实是他造成的,他们本来是大学同窗,念书的时候方苇为他打过一次胎,医生没有处理好,婚后才发现要不了孩子。他没法对父母交代,因为他是独子,所以和方苇最后还是分手了。

方苇会烧一手好菜,给我印象很深,她离异后,我就没再见过她。本来我和她的情谊也是建立在我那哥们身上的,她和丈夫分手了,我与她之间的交往自然就此了断。虽然我很怀念她烧的菜,但没有资格吃到了。

这次在小马路上邂逅,看她神采奕奕的模样,知道她已从婚变的阴影中摆脱出来。回头一想,这件事也有近三年了,时间如白驹过隙,我已有一千多天没见她了。她没怎么变,身体看上去也挺健康,手里的网球拍和一身名牌运动服表明她在这方面也很舍得投资,我们下车后开始推车而行,话题便从运动开始。

方苇还在那个电视机厂当会计,业余时间把精力都放在锻炼上,参加了著名的舒适堡健身中心的健身课程。此外她还爱好游泳和网球,今天她便是和友人约好去打球的。

到了岔路口,我要同她道别了,我给了她一张名片,让她有事别忘了找我。名片上有我的电话和 BP 机号码,其实心里明白她是不会找我的。我这样做完全是一种客套和完成对她的尊重罢了。

我们握了握手就分道扬镳了,我骑得很快,我必须把方才散步的时间补回来。我与一个外地来的没见过面的编辑约好在文艺会堂碰头,我可不愿初次见面就给人留下拖沓的印象。我脚下生风,总算提前三分钟见到了那位编辑。他让我代他在本城约些散文稿,陪他们闲聊了一会儿文学,估摸坐了半个小时,我就起身告辞了。

我需要过黄浦江才能到家,骑车从文艺会堂出发有一个多小时路程。路上我接到两次寻呼,我在人民广场边找了个绿坪停下来,用手机回了电话。一个是我母亲打来的,她问我晚上回不回家吃饭。另一个的主人声音比较陌生,是个略带磁性的女声。我分辨了一个,好像是方苇,她在电话那头肯定了我的猜测。

我有点惊讶,中午与方苇告别后我还在想,可能再遇见她又要过上一千天甚至更长,没料到她真的会找我,而且这么快,我的神态一下子迟疑起来。

方苇在话筒里问我此刻有没有闲暇,她有件事需要我出场。我起了好奇心,她说她现在在长宁的一家网球场。她把地址报给我记下后,就搁下了话筒。

我重新往家里拨了个电话,对母亲说晚饭不回来吃了。母亲嘟囔了几句,把电话挂了。

我朝长宁方向骑去。二十分钟后我赶到了那家网球场,方苇正与一个姑娘在网栏前搏杀。我站在那儿瞧了片刻,等她们打完一局，下场休息时，我才叫道："方苇。"

方苇转过头看见我，笑着招呼我过去，请我在有遮阳棚的桌边坐下，顺手给了我一瓶汽水。那个与她打球的姑娘也走了过来，在我对面坐下，她金发披肩，有一双蓝色的眼睛，是一位美丽的异国女郎。

方苇介绍说，她叫夏娃，是一位美国外交官的女儿，现在上海攻读中国文学研究生，她目前正在准备毕业论文。今天她与方苇约好打网球，方苇摸口袋时无意间掉出了一张名片，她帮忙捡，顺便瞄了一眼，发现上面有个小说家的头衔，便央求方苇引见。她很想知道一个汉语作家如何看待自己国家的文学。

知道了方苇约见我的目的，我有点出乎意料。一路骑车过来时，我就在猜测这个问题，我想十有八九是方苇让我转告什么话给她的前夫，我不能把联想超出这个范围去。

谁知她给我介绍了一个文学爱好者，还是国外的漂亮妞，我自然是一点准备也没有，只好礼节性地与那异国女郎客套一番。我夸奖了美国文学，提到了马克·吐温、霍桑，也提到了福克纳、海明威，甚至不太出名的《拉格泰姆音乐》的作者道克托罗。夏娃兴奋极了，与我相见恨晚似的。她美丽的蓝色眼睛注视着我，不由令我一阵心猿意马，她的容颜确实很美。这样一个美人，不去干模特当演员，偏偏爱上了寂寞的文学，在我看来有些不可思议。她一定没有感知到我的内心戏，她谈兴正浓，用一口很标准的汉语与我交谈。许是在本城住久了,她居然还在言语中蹦出几句地道的方言。她像回报似的表达出对中国文学的热爱,从曹雪芹开始,一路下来,一直谈到如今健在的萧乾、艾青,和住在本城的较为年轻的王安忆、程乃珊等作家,看得出她是系统地钻研过汉文学的。

在我们交谈时,方苇静静地端坐一旁,她是学财会的,对文学不熟悉,所以插不上话,等到我和夏娃注意到这一点,天色已半明半暗。我慌忙为自己的不礼貌向方苇致歉。夏娃也跟着道声对不起。方苇笑了笑:"难得你们谈得投机,看来也是有缘。灯了,现在去吃饭,席间你们还可以接着聊。"

网球场附近有好几家餐厅,其中有一家装修成古罗马式的,看上去较为雅致,名字也好听:"榕树下的鸟"。我们三个渐次进入,在墙边的长形餐桌边坐下。

女士优先,我让夏娃和方苇点菜。她俩推让了一下,最后还是方苇选了几个菜,我要了一瓶嘉士伯啤酒,她们都是喝果汁。我和夏娃有意避开了文学话题,说些民俗风情和无关紧要的人事。方苇微微一笑,也不点破,和我们一起说笑,突然问:"你知道这个夏娃是谁么?"

我愣了一下说:"谁?"

正在喝果汁的夏娃连忙制止道:"方苇,你不要说。"

我一听好奇心大起,打破砂锅问到底:"她是谁?"

方苇笑而不语。

我说:"方苇你这可不够交情了。"

方苇说:"你记得过去胡仁家墙上挂的一幅挂历么。"

胡仁就是我的好朋友兼方苇的前夫。

方苇说:"就是那幅有两个光裸的外国小孩,一个男孩一个女孩面对面……"

我恍然大悟:"就是那幅把小裤衩拉开的图片么?画面确实挺逗的。"

方苇说:"你知道画面上的那个小女孩是谁么?"

我不相信地看看方苇,又看看夏娃。

"她就是夏娃。"方苇笑道。

我吃惊地看着夏娃,她白皙的脸红了,睫毛盖住了那双美丽的蓝色眼睛。

## 3

我被这突如其来的趣事吸引了,想起了几年前那篇未写出的"看图说话",希望夏娃讲述一遍那张图片的来历。夏娃面颊上的绯色渐渐隐去。她说:"那是一张来历不明的照片。"

"二十年前,我只有四岁,那时我父亲还没有当外交官,也没有来过中国。当时他是一名律师,在德州很有名望。我母亲是一家通讯社的记者。我们住在一幢有烟囱的大房子里,房子外面有栅栏,种着仙人掌和一些绿色灌木。我有一间自己的房间，大约有二十平方米大，和其他小孩的房间没有什么区别。有一张床，几把椅子和一些玩具。但是我的房间有一样东西引人注目，一只很大的养热带鱼的玻璃缸，有恒温的设备、管子。父亲为我弄来几条很美的小鱼，我每天趴着看它们游来游去。脸贴着玻璃，时间一长，皮肤就被吸住了，得慢慢离开，否则一下子离开就会很疼，我爱那些热带鱼。

我有个好朋友叫亚当，是邻居家的小男孩，他父亲是一个律师。亚当常来我家玩，他非常顽皮，不喜欢我的热带鱼，他的玩具都是枪和怪兽。他力气很大，胆子也大，常和街区里的小男孩打架。小男孩们都惧怕他，他们知道我和他要好，趁亚当不在的时候就欺负我。

后来我决定不理睬亚当。亚当非常恼火，趁我不注意的时候溜进房间里把我的热带鱼都弄死了，还把一只芭比娃娃扔在鱼缸里。我对父亲哭诉了这一切，父亲很生气，去和律师说，律师就揍了亚当。后来亚当看见我就用拳头威胁我，我很害怕，把自己关在了房间里。

那年夏天亚当突然又跑到我家来，对我说他的父母最近一直在吵架，他父亲还口口声声说要杀死母亲。亚当晚上等我父亲回家，恳求我父亲帮助他。我父亲答应试一试。

我父亲分别找了律师和亚当的母亲，这对夫妇矢口否认他们的婚姻出了问题，说这是小孩子的恶作剧。既然他们这么说，我父亲也只好作罢。可是几天后的夜里，不幸的事真的发生了，我们在梦乡中听到了划破夜空的枪响。警察来了，抬出了亚当母亲的尸体，律师在被包围的过程中饮弹自尽了。

我们家收留了亚当。亚当像换了个人，变得沉默寡言，不苟言笑。我父亲决定来一次度假，使亚当能忘掉悲哀。我们去了大峡谷，亚当果然玩得很开心，可到了晚上我却看见他一个人在偷偷哭泣。我没有告诉父母亲，只是悄悄观察。半夜的时候他走出了帐篷。我跟在他身后，到了河边。他把衣服脱去，下到水里。我以为亚当想淹死自己，大叫起来。亚当转回头，一边惊讶地看着我，一边大叫：'你把头别过去。'我这才看清，他浑身赤裸着。闻讯而来的大人见状哈哈大笑。亚当好不气恼，飞快地穿好衣服，跑回了帐篷。

临近天亮时，我觉得有人在搅我衣服，睁眼一看，是亚当。他说：'昨晚我让你看见了，你也得让我看看。'

我说：'我看见你什么了？'

亚当说：'看见我不穿衣服。'

我想起了他昨天夜间的怪模样，不由笑了起来，把眼泪也笑出来了。

亚当更加生气，说：'你下流。'

我说：'你不穿衣服才下流呢。'

度假结束了，这件事我也忘了，可亚当始终惦记着要报这一箭之仇。有一天我在浴室里洗澡，他居然隐匿在一边，用家庭摄像机把我拍了下来。完了他把片子插进放映机里，晚上我们看节目时，全家都看见了我裸体洗澡的情景。我没料到亚当会这么小心眼，就气哭了。父母亲问明缘由，忍俊不禁笑了起来。我可没觉得有什么好笑的，气冲冲要和亚当打架，亚当笑着开门跑了，我只好坐在门槛上委屈地抽泣。

这件事后，我很久没有理睬亚当。有一天，亚当一个云游在外的叔父来了，亚当兴奋地将他带进屋里来。

我正独自在房间里和几个芭比娃娃玩，亚当大声嚷嚷，我叔父来了。我一点都不想开房间门，亚当就与他叔父开始说话，我守在门后片刻，悄悄把门打开了一条缝。亚当看见了，跑过来，等我想关门，已经来不及了，被他抓住了一只手。

'这是我妹妹，她叫夏娃。'亚当这样向他的叔父介绍我。

我气恼地说：'谁是你妹妹？你是个小混蛋。'

亚当的叔父大笑起来，把我抱起来。他有一脸大胡子，穿一身牛仔，眼睛在绿蓝相间中凹下，显得很神秘。他说：'夏娃。你真可爱，你不喜欢亚当么？'

我说：'是的，我不喜欢他。'

亚当大声说：'不对，你是喜欢我的，要不然你为什么跟在我后面怕我淹死？'

我说：'我那个时候是喜欢你的，可是后来就不喜欢了。'

亚当说：'我们扯平了，谁让你先看见我。'

我说：'我根本不想看你的，我是怕你淹死，可是你偷拍我洗澡是故意的……'

一来一去，亚当的叔父明白了一个大概。他显然觉得这事充满童趣，于是一只手抱着我，一只手抱住他的侄儿。

'我们到广场上去，我为你们拍照。'

我和亚当立刻高兴起来，像两只快活的小松鼠。亚当对我说：'我叔叔的照片拍得可棒了，他有几十本大影集，都是他旅游时拍的，看都看不过来。'

我摆出一副不屑一顾的样子，亚当讨了个没趣，不作声了。

到了有鸽子的广场，亚当的叔叔用玫瑰花圃作背景为我们拍照，他让我和亚当站在一起拍合影，我不情愿，亚当已经走过来，拉住了我的手，这时摄影师按下了快门。

我嘟着嘴唇，半依半推时，鬼使神差一把扯住他的小裤衩往外拉，眼睛朝里张望，其实我什么也没看见，只是想吓唬一下亚当，对他偷拍我洗澡的行动报复一次。不料眼明手快的摄影师捕捉了这一画面。我快活地往回跑，等亚当反应过来追上来，我先他一步逃进了房间，锁上了门，他在外面又拍又踢，我倒在床上笑得前仰后合。

晚餐时，亚当的叔父提出，要把亚当带走。我父亲征询亚当的意见，亚当点了点头。亚当的叔父对我家收留侄儿一再表示谢意。

分离的时刻，亚当倔犟地朝我们挥了挥手，眼泪挂在睫毛上没有掉下来，我却哭了。他走出去很远又跑回来，与我父母亲双双拥抱，又跑到我面前吻了我的额头，然后他就与摄影师一起消失在夜色里了。"

说到这里，夏娃好像陷入了沉思，面部现出了梦幻般的神色。

"后来呢？"我问。

"后来。"她喝了一口果汁，"我觉得家里一下冷清起来。亚当在的时候，我觉得他讨厌，他一走，我又怀念起他来。有一天，我看见他回来了，站在我面前，不正经地注视着我，他只穿着一条小裤衩，小肚皮挺起来，像里面装了一只大鱼泡。他在我跟前站定，对我说：'我给你看一样东西好么？'说完他把小裤衩拉起来，那样子如同在拉起一张捕鱼的网兜。我情不自禁去看：'亚当说，是不是与你不一样？你是平的。我的比你好看，像一朵小花骨朵。'我才发现自己是赤身裸体站在亚当前面。我说：'怎么会这样呢？'这时咔嚓一声，亚当的叔父不知什么时候出现在一旁，拍下了这一幕。再过了一段日子，街上出现了这张照片的印刷品，我简直不敢相信自己的眼睛，我做了一个梦，却被拍成照片在现实中流传。"

"那么亚当呢？"我问。

"事实上我以后再也没有见到过他。"

"简直像一个童话。"我说。

"更像一部小说。"方苇说。

"是的,一部精彩的短篇小说。"我说。

# 4

夏娃就读的大学位于本城杨浦一个叫五角场的所在,一座著名文科学府。她当外交官的父亲却住在徐汇那绿树成荫的领馆区,往返一次几乎要横穿整个市区。于是外交官为女儿购置了一辆小型四座轿车。这辆绿色美国车非常漂亮,有可以开启的顶篷。美中不足的是,城市污染严重,根本不适合开敞篷车,夏娃只好遗憾地把顶部升起来。她喜欢把车开得飞快,可交通拥挤的状况使她只好把车速放慢,对此夏娃总是抱怨,可这不影响她每周一次驱车来我的办公室。她沿着外滩一路驰来,钻进越江隧道,进入浦东。我的办公室在那座举世闻名的斜拉桥旁,一家私人文化传播公司,创办者即是我。刚开业不久,我既当老板又当伙计的经商生涯,使我放缓了小说的创作进程,但我仍购阅重要的文学期刊,了解小说的行情和走向。无意中,我的文学口味发生了根本变化,对华语小说的关注明显超出了外国小说,显而易见,华语文学进步了,值得同胞们为之秉烛夜读了。实际上我确实从那些与我一般年龄的同行身上学到了不少有用的东西,我甚至以为他们的一些篇什就是放在世界经典小说的文库里也绝不会逊色。我把这种看法毫不掩饰地讲给夏娃听,后来这些观点充实了她论文的部分章节。

夏娃的父亲本杰明先生是美领馆里的文化参赞，负责文化交流。我第一次见到他是一个阳光很好的下午。他和夏娃专程从浦西赶来看我，由于事先只和夏娃一个人约好，所以当衣冠楚楚的本杰明先生出现在眼前时，我有些措手不及。他中文没有夏娃流利，对我帮助夏娃完成论文表示了感谢。我朝夏娃看了一眼，对本杰明先生说："我不过是略尽地主之谊，谈不上帮助。夏娃是个刻苦而勤奋的姑娘，她今天的成绩完全是个人努力的结果，倘若我的言论侥幸对她有所启发，我感到不胜荣幸之至。"本杰明先生露出颇为欣赏的神情说："你是一个谦逊的年轻人，这是一种中国式的美德。"我微笑道："本杰明先生，您太过誉了。"夏娃在一边插言："你的观点的确对我的毕业论文帮助很大，今天我们特意来感谢你。本杰明先生说，欢迎您来我们领馆做客。"

这以后不久的一个星期天的早晨，我如约去了美领馆。寒暄之后，本杰明先生向我建议，希望我的公司能够代理即将来沪的美国蓝皮鼓魔术团的演出，这个建议不啻是个意外惊喜。我对蓝皮鼓魔术团慕名已久。这个历史久远的魔术团云集了许多世界一流的魔术师，他们那些匪夷所思的节目曾出现在本城的荧屏上，给广大市民留下了深刻的印象。可以想见它的莅临必将引起全城轰动，而我的文化传播公司也会因为组织这次公演获得异军突起的机会。我当即允诺并对本杰明先生的好意表示感谢。本杰明先生用中国菜招待我，又向我讲了组织活动的一些细节。他是个内行，演出的整套程序都在他的心里，他娓娓道来，令人茅塞顿开。我发现本杰明先生其实已把一切都准备好了。他交给我的任务主要是负责魔术团演出时的宣传和接待。这等于把我的公司推上了前沿，而真正主导的美领馆却退到了幕后，我知道本杰明先生如此照顾夏娃一定起了很大作用。上海有句民谚：鞭炮买给别人放。显而易见，本杰明先生此刻就是那个鞭炮的购置者，而我却成了那个点燃引线的人。我陷入了两难之境，既不愿欠本杰明先生一份人情，也不愿放弃公司发展的良机。我把目光投向了正在喝果汁的夏娃，忽然灵机一动，说："我有一个小小的提议。"本杰明先生笑道："请说吧。"我说："我想请夏娃一起加盟这次活动。"本杰明先生说："那不可以，委托你们公司操办其实已经不是很规范，照理是要招标的，我女儿一参与就更犯规了。"我说："那我请夏娃担任翻译吧。"夏娃未等父亲发言，抢先答应了，说："能够有一次社会实践的机会，正合我意。放心，我是义工，肯定不拿一分钱报酬。"本杰明先生点了点头，于是事情就定下来了。

## 5

经过一段时间筹备，终于迎来了蓝皮鼓魔术团。媒体及时报道了这一消息，加上先期投入的广告造足了声势，提前两天十二场演出票全部售罄。这大大出乎我们预料，虽然我们都看好蓝皮鼓魔术团，可如此盛况还是令人咋舌。本杰明先生十分高兴，专门组织了一次冷餐会，一则欢迎他的魔术团同胞，二则对全体筹备组成员表示谢忱。冷餐会在蓝皮鼓魔术团下榻的一家大饭店里举行。我和公司同仁应邀参加了，方苇也来了。说开场白时，东道主本杰明先生特别向远道而来的蓝皮鼓演员们介绍了我和我的伙伴们。热情的美国人走上来与我们拥抱，我们有点不习惯，也因此感动不已。那是一个充满了友爱的夜晚，很晚，大家才恋恋不舍地散去。正在这时，我看见一个瘦小的青年走到本杰明先生面前，把头上的帽子脱下来，他有一头棕色的卷发，腰背很直，像一棵小小的桦树。他站在比他高出半头的本杰明先生面前，慢慢脱下身上的黑风衣，然后转了个身，奇异的事发生了，小个子青年忽然不见了，原地只有那件黑风衣悬空竖立着，我看见本杰明先生目瞪口呆地停在那儿。须臾，才回过神来，带头鼓起掌来，正要离开的来宾们也开始鼓掌。黑风衣慢慢旋转起来，小个子青年又出现了，穿着那件黑风衣，笑吟吟地面对着他的观众。

"棒极了，亚当。"人群中有人用英语喝了一声彩。

闻听此言，我不由皱了下眉，回首看站在一旁的方苇，她也正巧把目光投向我，我们心照不宣地去寻找人群里的夏娃。

这恰如一个连锁反应，我们看见夏娃也正注视那个小个子青年。她辨认了一眼，去瞧本杰明先生。本杰明先生的注意力也正集中在小个子青年的身上。

事实上,这一切目光的交递在几秒中便告完成。小个子青年走到了夏娃跟前,我们听到夏娃用怀疑而惊喜的口吻叫道:"上帝,真的是你么,亚当?"

小个子青年摇了摇头说:"是的,我是亚当,简直让人不敢相信,会在遥远的中国遇见你们,夏娃和本杰明叔叔,实在太令人不可思议了。"

于是,我们目睹了一个大团圆的场面。三个久别重逢的人激动地搂抱在一起。他们都被相聚的喜悦控制住了,拥成一团久久不愿分开,那一幕真是感人至深,令在场的宾客为之动容。的确,哪怕他们不知道事情的来龙去脉,仅仅从凝固的人体雕塑就能揣测出一段情深意长的往事了。

这天夜里,我失眠了,我隐隐感到一丝担心,翻来覆去睡不着,我知道为什么夜不能寐,我当然知道。

辗转到凌晨四时,才迷迷糊糊睡去。大约上午十点半光景,电话铃声唤醒了我,是方苇打来的。她在电话那头说了对亚当突然出现在我们这个城市里的感受。她说有一种迷雾般的情绪围绕着她,让她理不出头绪来。

我便也告诉她,我对最近发生的这些事也是百思不得其解,我甚至怀疑自己梦游进了一座故事的迷宫。她在话筒那头笑道,你这是小说做久了痴人说梦。我说,我得承认,生活有时会比小说更蹊跷,更神秘莫测。

方苇的电话挂断后,我起床了。晚上七时是蓝皮鼓魔术团的首场演出，我得去现场看看。我刚要出门，电话铃响了。

对方是夏娃，她说她现在我的公司，同事们说我今天没上班，她试着把电话打到家里来，没想到真的把我找到了。她说："你快点来办公室好么？"我说："你大驾光临，我怎么好让你久等呢。"

我家离公司只有一站路行程，五分钟后我见到了夏娃。出乎意料的是，她的身后还站着一个小个子青年，亚当。

他们的神态都显得疲惫，尤其是夏娃，眼睛里布了些血丝，一看便知昨夜没睡好或者压根没睡。夏娃看见我的第一个动作是跑上来吻我。我犯傻似的站在那儿想，夏娃这是怎么了。

我脑子在飞快奔跑，身体却毫不迟疑地配合了夏娃。夏娃给予的不是礼节性的亲吻，她的唇封住了我的嘴唇，我吮到了她微甜的舌尖，我不否认，这一刻与我心深处的愿望如此吻合，我多么希望时间冻结起来，让这个吻存在一个世纪。我奔跑的头脑突然找到了答案：夏娃是在用这个吻拒绝亚当的求爱。我立即从痴迷中摆脱，与夏娃分开，一切已经晚了，我已别无选择地跨入了一个三角形的爱情城堡。我当然是爱夏娃的，可我很不喜欢现在的角色，在亚当惊愕的目光中，我感到面上在隐隐发烫。

我们很快恢复了常态，坐下闲谈。大约半个小时，亚当借口有事告辞了，夏娃留了下来。我问夏娃方才为何要那么做。其实我这是明知故问，夏娃的蓝色眼睛羞涩地看着地面，那儿有一支不慎掉落的吸水笔。她俯身将笔捡起，在手掌上涂画，然后展开给我看。

我看见这样一行字：你真的不知道答案么？

她将头抬起，目光投向我。我与她相隔得那么近，彼此可以听到呼吸，我将她的手擒住，将这双温暖、洁净的手缓缓引向自己，吻着掌心中的字，她看着我："你已经有白发了。"我说："是的，我是少白头。"

她的一头金发慢慢靠过来，偎依在我肩上，我找到她嘴唇。这次的吻与方才不同，是真正的吻，没有演戏的成分，足足有五百秒，我们气都透不过来。

夏娃告诉我昨夜宾客们走后的事。亚当应本杰明先生和夏娃之邀，留下来共叙旧情。亚当这些年来跟随云游四方的叔父，几乎走遍了大半个美国。九岁那年，叔父患了严重的肾炎，知道自己将不久于人世，就把亚当带到了首都华盛顿，托付给好朋友汤姆逊先生。汤姆逊先生是一位杰出的魔术师，是蓝皮鼓魔术团的艺术总监，汤姆逊先生收留了亚当，把自己的技艺传授给他。不久，亚当的叔父死在了手术台上，亚当大哭了一场，从此与汤姆逊先生生活在一起。汤姆逊先生将他视如己出，从简单的小戏法开始，到复杂透顶的魔术，手把手教给了亚当。亚当十二岁那年，汤姆逊先生正式将他引入了魔术团，成了蓝皮鼓里的一名童星。无数次的巡回演出使亚当可以独立设计一些魔术，形成了大胆诡秘的表演风格,他成了蓝皮鼓魔术团里的新一代台柱。

本杰明先生和夏娃听了亚当的叙述,真是既同情又倍觉欣慰,时间悄悄流淌,不知不觉已聊到凌晨一时,本杰明先生告辞先回领馆休息了。亚当和夏娃则谈兴尚浓,亚当问:"夏娃,刚才冷餐会时你一点也没有认出我么?"夏娃说:"没有。"亚当说:"可我一眼认出了是你,后来又看见了本杰明先生,更证明了我的判断没有差错。二十年过去了,我经常想念着你们。"夏娃说:"我们也在时常惦记你。"亚当说:"夏娃,我有一件礼物要送给你,请随我来。"

说着,已经站起。受好奇心的驱使,夏娃跟在他的身后,电梯把他们送到了十九层,那是蓝皮鼓成员就寝的楼层。亚当打开自己的房门,夏娃迟疑了一下,跟了进去。

亚当打开灯,转过身对夏娃说,我要施法术了。夏娃看见亚当慢慢脱下黑风衣,转了个身消失了,黑风衣悬空竖立在原地,夏娃叫了一声:"亚当。"

亚当从夏娃背后走了过来,用脚轻轻抵上门,他拍了一下夏娃的肩头,将她吓了一跳。亚当说:"我的礼物就在黑风衣里面,你现在可以揭幕了。"夏娃小心翼翼地上前掀开那件神奇的黑风衣,她看见的是一只养热带鱼的玻璃缸,一些很美的小鱼在里面游来游去。"喜欢么?"亚当从后面搂住了夏娃的腰肢。

"喜欢。"夏娃的身体微微一颤。

"记得你曾有过一只鱼缸么?"亚当问。

"当然,它使我想起童年。"夏娃说。

"记得那时你就是个小美人,今天的你愈加光彩照人,美在你身上成了时间的加法。"亚当说着在夏娃颈间吻了一下。

夏娃转过头,看到了亚当炽热的眼神。

"我爱你,夏娃,感谢上帝又把你送到我的身边。"亚当的嘴唇在夏娃额头轻轻擦过。

夏娃想拒绝亚当,毕竟,这样的亲近对她来说显得过于突然了。可她本该推开亚当的手不知为何却攀住了亚当的肩膀,与他拥抱在了一起。

亚当的手掌托住夏娃的腰肢,将她抱起。

夏娃的神智中是一种难以言说的混沌,她似乎跨入了一个幻境,整个人轻盈地往上飘,她感到自己正在被慢慢剥去身体的伪装,她的少女之躯开始展现在一个陌生男人眼中。是的,一个陌生男人,一个分别了二十年,突然成长起来的男人,在与他仅仅重逢了数个小时之后,一下子与他开始热恋的角色。

"不,亚当。"她惊醒了,试图推开身上的人,发现自己的拒绝慢了半拍,她看见了亚当迷乱的表情和被揉作一团扔在枕畔的衬衣,她用力推开了亚当。

"我们不能这么干。"她大声说。

"为什么,难道你不爱我?"亚当说。

"爱需要理解和时间,我要的是真正的爱,不是冲动。"

她用衬衣遮住自己。

"不要怀疑我对你的爱。"亚当一下子变得很可怜。

"亚当,我们分开太久了,我们需要交流,我们还有许多别的事要干。"

"求求你夏娃,我需要你。"亚当的食指顺着她的面庞滑行。

"今天留下来对我来说是一个错误,我该走了。"夏娃说。

亚当拦腰一把抱住了她:"你不能走,夏娃。"

"为什么。"夏娃真的有些气恼。

"记得二十年前的那张照片么?"

"你说什么。"

"那个下午我叔叔为我们拍了照。"

"是的,有这样一件事。"

"你应该知道那张照片。"

"哪一张?"夏娃其实明白亚当说的是哪张照片。

"那张照片在全世界都很流行。"

"是的,我想起来了。"

"你拉开了我的小裤衩。"

"不,是你自己拉开了小裤衩。"

"是的,也许是我健忘。"

"我也不能完全相信自己的记忆,我只能相信画面上的情景,它才可能是标准答案。"

"我们可以把这个游戏继续下去。"

"不,那不一样。"

"为什么?"

"二十年过去了,我们已是成人。"

"我们都有了欲望。"

"是的,所以我们不能这样。"

"你不喜欢我?"

"可是我已有男友。"

"那又如何?"

"我爱他,非常爱他。"

"那么你刚才不应与我接吻。"

"是的,是我不好,一下子昏了头。"

"我想见他,如果真的有这样一个人。"

"我可以带你去见他,此刻我要走了。"

"很快就会天亮,我真的想见见那个幸运者。"

于是他们开始等待晨曦的到来,夏娃心里很不痛快,她觉得亚当有点过分,他有什么资格审查自己的私生活,如果不是因为那份童年的友情,她会拒绝并斥责他的无礼。可她还是满足了亚当的要求,她不愿得而复失亚当这样一位儿时的伙伴。

"所以你将他带到了我这里?"我问。

夏娃点了点头。

我说:"我得因此感谢亚当。"

"为什么?"夏娃问。

"难道你真的不知道答案么?"我说。

夏娃笑了一下:"如果没有今天我吻你,你会不会向我求爱?"

"有一天我会这么做。"我说。

"什么时候?"夏娃问。

"这我说不准,这需要时间,也需要契机,如同今天亚当逼迫你。"

"你是几时喜欢我的?"

"从第一次见到你。"

"那么爱上我呢?"

"第二次见到你。"

"那么第三次见到我时你又怎么想。"

"我想娶你,我想让你成为我的新娘。"

夏娃朝我投来一个揶揄的笑容:"你真狡猾,你如果总这样说话,白发会更多。"

我笑了笑说:"其实是肺腑之言,我很惭愧没有在今天之前把这些话说给你听。中国人在这方面一直是含蓄,所以中国人容易与好爱情擦肩而过。"

"你应该据此写一个小说。"

"其实这个题材的小说已不鲜见,不写也罢。"

"你对题材很挑剔么?"

"不,题材不过是材料,好的小说家和好的厨师一样,不应该把材料当作第一要素，厨师靠的是手艺，小说家靠的是手笔。如果你有一个好手笔，你关注的绝对不会是题材和类型，真正优秀的小说家是用感情与智慧写作的。"

"这样的小说家会不会很少？"

"当然不会很多，我认为三十年中出现一个已属侥幸。"

"你是么？"

"我希望自己是。"

"如果不是呢？"

"那也没有关系，因为小说家的地位是由历史来确立的。而历史是后人来图解的。事实上，我对历史很不以为然，因为它就是儿子对父亲、孙子对祖父的说三道四，父亲生出了儿子，却要由儿子来证明自己的价值，这算什么事呢。"

"谬论。"夏娃笑道。

"我倒是想写一篇关于我们的小说，一个异国之恋的故事。我真的非常非常爱你，夏娃。"

我将"夏娃"两字唤得柔情万种，我准备摆脱文学话题，回到温馨的爱情里去，我深深地注视着夏娃，与她的目光交融，与她的心交融。"我也爱你。"她说。然后我们重新拥吻在一起。

# 6

当天晚上七点是蓝皮鼓魔术团的首场演出，也是我和夏娃第一次以情侣的身份出现在公众面前。夏娃挽着我的手臂，在前排坐下，这是预留下来的好位置。过了一会儿，本杰明先生也来了，看见夏娃偎依在我身上，他愣了一下，他向我点了点头，在离我们不远的地方坐了下来，仿佛在思考什么难题，眉头始终锁着。蓝皮鼓的演出的确精彩纷呈，观众的掌声此起彼伏，情绪十分高涨。夏娃没有注意到她父亲沉默的姿态，忘情地融入梦幻般的节目里，她看得入了迷。我不时偷瞄一眼本杰明先生，知道他眼角的余光一定注意到了我，他正襟危坐，始终不与我打一个照面，我自然琢磨出了其中的奥妙。

亚当出场了，夏娃扯了扯我的衣角，提醒我注意。我朝舞台望去，亚当穿着合体的燕尾服，他转了一圈，立刻消失了，留下燕尾服悬空而立。我有点不以为然，私下对夏娃说，他在故伎重演。夏娃也有点扫兴，做了个鬼脸，表示对亚当的表现不满意。

与此同时，舞台上开始了变化，转眼之间，一件燕尾服复制出了十件燕尾服，它们一字排开，悬空而立，慢慢旋转，一圈下来，燕尾服已穿在了十位金发美人的身上，她们跳起了与装束十分吻合的爵士舞蹈。在充满韵律感的音乐声中，亚当从她们中间走了出来。

"这还算有点意思。"我说。

夏娃笑了。她的笑表达了与我言语相近的意思。我们一同鼓起掌来。

可是说实在话,我的心思已不在演出现场,我回首去看本杰明先生,目睹的是本杰明先生起身离开的背影。我对正全神贯注观赏节目的夏娃说:"我出去一下马上回来。"夏娃点了下头。我来到大厅,看见本杰明先生推开玻璃门向大街走去。在人行道旁我赶上了他。他准备过马路,对面是一个很大的停车场,他的车可能停在那里。我走到他身边,对他说:"本杰明先生,我想与您谈谈。"本杰明先生回头看了看我,似乎对我的出现并不感到意外。"到我的车里去谈吧。"他说。

街道上车辆穿梭不停,我们过马路时都很小心,严格在斑马线上移动,汽车一辆辆呼啸而过。我与本杰明先生并肩而行,临近对面的人行道时,脚步凌乱的我不慎踩脱了本杰明先生的鞋子,本杰明先生蹲下来,用手去复原。不幸的事发生了,一辆避让车道的计程车撞上了本杰明先生,我伸手去拉已经来不及了。本杰明先生的后背被重重撞击了一下,他修长的身体像一件大衣一样飞了起来,撞在道旁的铁栏杆上,整个人像软体动物一样慢慢沉下去。面临这幕惨剧,我惊呆了。

本杰明先生死了,这完全是一起意外事故,我却难辞其咎。这里有几个小小的推理,如果我不是夏娃的恋人,便不会亲密地与她倚靠在一起,便不会使本杰明先生不愉快,便不会使他提前离场,这是推理一。即使本杰明先生离去,我如果不性急追出去,他便不会过不了马路,事实上出事时他离人行道仅一步之遥，这是推理二。最为关键的是，如果不是我因为注意力不集中而踩脱了他的鞋子，他便不会有下蹲动作，悲剧便不会发生，这是推理三。我本该把这些告诉夏娃，可是出于一种复杂的心理，我隐瞒了事件中一切于我不利的细节，把愧疚埋在了心里。

闻讯赶来的夏娃见到被白布覆盖的父亲，哭得死去活来。本杰明先生几乎没来得及做任何抢救，便被从手术台上撤了下来，出来的时候他已被一块白布罩得严严实实。夏娃当场哭晕了过去。对她来说，父亲的死过于突然了，她根本无法接受这个事实，她悲伤欲绝的面容令在场的人也流下了泪水。他们是美领馆的官员们和演出结束后赶到的蓝皮鼓魔术团演员。亚当站在本杰明先生的前侧，模样有点迟疑，他还没能反应过来。这是情有可原的，因为事件的发生实在太出人意料了。

零点时分，绝大部分人离开了医院，留下夏娃、我、亚当以及领馆里的一位值班代表守着。夏娃哭个不停，眼睛又红又湿，披头散发坐在本杰明先生的遗体旁。我们分坐在周围，面部神态一律肃穆，房间中央是离我们越来越远的本杰明先生。

又过了估摸半小时，来了一位意料不到的人物。一个徐娘半老的金发女人，陪同她前来的是刚离去不久的两位领馆高级官员。她的出现使夏娃很惊讶，她缓缓站起来，嘴唇嗫嚅着："妈妈，你怎么来了？"我们才知道来者是本杰明太太，她此刻真是饱含绝望，丧夫之痛使她难以自持。她撩开白布，看了眼丈夫，一阵昏眩袭来使她站立不稳，背后的两位领馆官员扶住了她，她才不至于跌倒。

以后的几天，我们都忙于本杰明先生的后事。这中间，我还去公安部门做过几次口供，描述出事一刻的情形。那辆肇事的计程车当场逃跑，一天后司机自首，立刻被拘留审查。我作为在场的重要人证，去提供证词，三天两头跑公安局，说大致相同的话，使我倍觉厌倦。

其间我知道了这样一件事，这件事的叙述者是突然来沪的本杰明太太。本杰明先生来中国时，她没有像许多外交官的妻子那样随同来当一名主妇。作为崇尚独立的女性，她不愿放弃自己热爱的记者职业，留在了美利坚合众国。她用来与丈夫、女儿维系感情的是越洋电话以及一年一度的圣诞节聚会。此次来之前，她与丈夫有过一次电话长谈，然后便踏上了班机，飞向本城。本杰明太太没有透露电话的内容，但她说她让本杰明先生一个人去机场接她，不要通知夏娃。她的飞机误点了四个多小时，她没有见到丈夫，所以只好叫了计程车去美领馆。她在领馆门口用手机拨通了丈夫的直线，一直没人接，她只好让警卫到里面去通知。一会儿，领馆里出来了两位官员，将她迎进贵宾室，委婉地告诉她本杰明先生已经遇难，然后陪同她到医院里来。她不能接受这个毫无来由的噩耗，从时间上可以断定，丈夫离开演出现场是为了去机场接她，这更使她伤心得不能自持。

本杰明太太说这席话时，夏娃和我在场，当然一旁还有人，可我记不清他们是谁，好像有亚当和方苇，也可能没有他们，反正那是一个难堪的下午。夏娃向我和本杰明太太分别提了一个问题，本杰明先生出事时我怎么会在一旁？本杰明太太来沪为什么不让她与父亲一起去接她？

"这是两个至关重要的问题。我不希望成为谜语，你们谁先来回答，你还是你？"

夏娃朝我和本杰明太太各看了一眼，目光中充满责疑。我偷偷瞄了眼本杰明太太，她也正将目光投向我。我们从彼此的脸上看出了难言之隐，可我们都明白必须讲出答案，因为夏娃有权利知道。我们坚持了很久，谁也没有先开口。空气越来越凝重，如果此刻有一棵草生长，可以清晰地听到它茎叶舒展的声响。

"还是我尝试来替他们说出答案吧。"忽然人群中传出了一个陌生的男声。

在场的人自然而然去找那个说话的人。然而顾盼左右，只闻其声不见其人，却有一口流畅的英语从人群中飘逸而出。如果转译成中文，大概是如下的内容。

"我先来替这位作家先生回答你的提问。出事当天的夜里，你们以情侣身份步入演出现场。落座后不久，本杰明先生来了，他在你们不远处坐了下来。你们相偎相依使他有点吃惊，脸上现出不快。夏娃没有注意到本杰明先生的这个神态，你的注意力在魔术上面。而作家先生体察到了，他显得焦灼不安起来,再也无心欣赏演出,偷偷观察着本杰明先生。后来他看见本杰明先生起身离开了座位,忍不住跟在了后面。他一定是想解释一下,因为他觉得本杰明先生分明是不能接受他才愤然中途退场。他对你说要离开一下,你当时正专注于魔术,心想他不过是要上一次洗手间或者去大厅吸一支烟,你不可能去想别的问题,你也不可能想到五分钟后本杰明先生便会血洒街头。"

"既然如此他为什么不愿说出这些。"夏娃问那个隐身人。

"其实这很简单,他不愿让你知道本杰明先生不同意你们恋爱,他怕因此失去你。"隐身人回答。

听到这儿,我心里暗暗惊讶,我不是惊讶这个故弄玄虚的隐身人,我当然猜到他是谁了。虽然他不显形,并且将声调也作了伪装,可我仍清楚他是谁。我惊讶的是这个人的洞察力,他不但说出了事件发生的真相,而且看到了我的内心。夏娃把头转向我,一言不发地长久注视,她美丽的蓝色眼睛在我脸上寻觅着答案,其实答案已明白无误地写在我的眼中。它无处躲闪,在深深的瞳仁里。夏娃把目光收了回去。

"好吧,请你把另一个问题也解释一下。"

"愿意效劳。"隐身人开始回答第二个问题。

"如果我没猜错的话,本杰明太太此番来是为了一件特殊的事,这件事只能与她丈夫一个人谈。她或许根本不想与女儿见面，或者说她怕见女儿，当然她回国后会与你联系，但那只是通信或电话，不是当面接触。她让丈夫一人去机场，我相信她甚至预订好了返程机票，一旦与本杰明先生达成某种协议，她便会即刻返回美国。可是她没有想到本杰明先生会猝然遇祸身亡，于是不得不留下来处理后事。其实本杰明先生的去世使她想办的那件事变得没有意义。丈夫的死使他们的婚姻自动消亡，也为她省去了法律上的繁文缛节，对她而言，这称得上一个出乎预料的收获。当然，对于本杰明先生不幸告别人间，她难免会觉得悲伤，毕竟他们之间曾有那么多年的夫妻情义，可这并不妨碍她回到美国后重新披上婚纱，因为她正是为了这个目的而来。"

"照你这么说，亚当先生，"我忍不住揭穿了隐身人的身份，"本杰明先生离开演出现场只是为了去机场迎接他的妻子？"

"可以这么说。"我的肩头被人拍了一下，回头一瞥，果然是亚当。

那么也可以这样说，本杰明先生之所以不高兴，是由于他妻子准备与他分手，而和我与夏娃的恋爱没有关系。

这牵涉到一个人的思维，我不敢妄加推断。本杰明先生已撒手人寰，这只能是一个永远的谜。或许如阁下所说，本杰明先生仅仅是因为自己的婚姻遇上了危机而面露不快，但也不能排除他对你与夏娃的恋爱心存芥蒂。

"够了，你们别再说了。"夏娃突然叫了一声，奔进了另一个房间，重重关上了门。

"夏娃，你听我说。"本杰明太太急忙上前敲门，"夏娃，求求你听我说。"

我不想听。里面传出了带着哭腔的叫声。

# 7

夏娃一直没有开门。大家只有悻悻离去。亚当朝大家耸了耸肩，旋转了一圈又消失了。我忽然很讨厌这个小个子，觉得他时隐时现的状态超出了魔术的界线，他皮笑肉不笑的面容简直像个巫师。他方才的那番剖析窥视到别人的内心深处，他似乎把什么都看了个透。这个人真是可怕至极。我看见本杰明太太脸色惨白，像一只被除去了羽毛的鸟。她一下子老了，厚厚的粉黛在泪水的冲刷下慢慢化开，她依然在敲门。求求你夏娃，求求你听我说。她知道她正在慢慢失去女儿，她恳求的声调可怜极了，完全丧失了记者应有的风度。我相信房间里的夏娃此刻也一定在哭泣，可我看不见她，而且我没有预料到此后再也没能遇见她。

蓝皮鼓魔术团在本城的演出结束后，起程回国前，亚当来过我办公室。我刚巧不在，同事中认识他的，把他来过公司的事告诉我，我觉得很奇怪，不明白这个神秘人又有什么新花样。等我给蓝皮鼓魔术团下榻的那家大饭店打去电话时，接线小姐告知他们已退房走了。放下话筒，我一时怅然若失。

　　蓝皮鼓魔术团演出的成功，给我公司带来了一些经济利益，我将其中一部分邮寄到夏娃的学校去。这是我当初邀请夏娃加盟时就想好的。三天后却收到了退款通知，通知附言栏写道：查无此人。我很纳闷，去核对地址，发现没有差错。于是专程去了那所大学，找到了中文系研究生部，询问夏娃的下落。一个白发苍苍的老教授对我说，他是中文系研究生导师，从来不知道有个叫夏娃的美国学生，一定是我记错了。我将信将疑，心犹不甘，又前往美领馆。一名官员告诉我说，美领馆从来没有一个叫本杰明的人，也就更不存在叫夏娃的女孩。我失望地与那位官员道别，脚步异常疲惫地走在街道上，我知道夏娃是不会没有的，她不会是我的一个梦，那么她会在哪里呢。

　　后来我想到有一个人可能会知道夏娃的下落，那就是方苇。然而我却没有她的联系电话。我正在为此伤神，外面响起了敲门声。开门见到的是好朋友胡仁。他的身旁站着方苇。进屋后，我发现后边还跟着一个男孩。"叫叔叔。"方苇对男孩说。

　　"叔叔。"

　　"嗯，胡蛙真乖，来，让叔叔亲一下。"

　　"我听妈妈对爸爸说，叔叔失恋了。叔叔，你不要难过，胡蛙幼儿园里有好多好多漂亮的小姑娘，胡蛙给你做媒人好么？"男孩一本正经地说。

"叔叔不要你做媒人。叔叔问你，胡蛙自己有女朋友了么？"我问。

"我没有女朋友，我不喜欢幼儿园里的小姑娘，她们拉开我裤衩看我的小鸡鸡，还问我为什么跟她们不一样。叔叔你说，我为什么跟她们不一样呢。"

"你是男子汉，她们是小丫头。"

男孩高兴起来，围着方苇飞快地跑，嘴巴里一路啊着，终于他转晕了，抱住方苇的腿，气喘咻咻的，额头都是细小的汗珠。

胡仁瞪了儿子一眼："人来疯一个，一点规矩也没有。"

方苇说："你一面宠他一面凶他，小孩子懂什么，你妈妈说你小时候不也是皮大王一个么。"

胡仁笑也不是恼也不是，只好把手一挥："好了，我不说他，今天胡蛙由你管。"

"我管就我管，胡蛙来。"

胡蛙便兔子一样钻到方苇怀里去了。

我们都乐了。随后聊起了天，我向方苇打听夏娃的下落。方苇说："夏娃没有对你说么。"

我说："没有，她连招呼也没有打一个就从故事里消失了。"

方苇的样子有点吃惊，她想了想说："我虽然知道夏娃在哪儿，可我不能把地址告诉你。夏娃既然与你不辞而别，说明是下了决心的，我想就算你找到她，她也未必肯见你。"

我说:"就算今天我求你,你也得告诉我夏娃在哪里。"

胡仁说:"告诉他吧,你看他那痛苦得要死的样子。"

方苇说:"恐怕那样不好……"

胡仁说:"不就是一个地址么。"

方苇叹了口气说:"我就当一回泄密者,夏娃在青浦的商榻镇。"

然后她把详细地址抄给了我。

第二天,我急匆匆上了路,商榻镇与淀山湖为邻,风光秀丽,我按地址找到了目的地。门上有一块牌子:伊甸园魔术学校。

写于1995年10月7日

十七年

泥土的颜色是个暗示
蝉吮吸着树根的营养
时间过去了十七年
树上挂满了蝉的果实
裂开的硬壳蝉身涌动
潮湿的双翼守在风中
千万别从树上坠下
枯叶堆上的早餐耗时太久

## 骆　　默

　　五月的一个美好早晨，初开的霁光在布满青苔的弄堂间擦肩而过，骆默的记忆被再次唤醒了。

　　他固执地认为，他的人生是从那一刻开始的：五月的一个美好早晨，初开的霁光在布满青苔的弄堂间擦肩而过，扎着小辫的小女孩史希在弄堂口出现了。这是骆默生命中的第一次记事，在此之前的三年半时间，骆默只活在大人们的眼里,而他却对身边的一切过目即忘。

当然,骆默如今已是二十岁的大小伙子了,没有人会认为他只有十七岁,他也不甘心在原本有限的年龄里再减去那没有记忆的三年半,可是,他仍然固执地认为自己的人生是从那个早晨开始的。

骆默两岁那年,祖母去世了。祖母活着的时候,非常喜欢骆默,骆默有个小名叫龙龙,就是祖母为他起的。可是,骆默一直要到三岁半才开始记事,他对祖母只能印象全无,可是,这难道可以否认曾有一位慈祥和蔼的老太太爱护过他么。

还有,骆默有一个天生痴呆的姑姑,她曾活了十七年,但她从不曾记过事,或者说,她从未干过什么事,但是,这难道可以说她从来没有过人生么。

骆默是一个活得非常现实的人,他没有什么花花肠子,他认为自己的人生是从那个早晨开始的。毋宁说,他觉得那个早晨对他很重要,也可以这么理解,那个扎着小辫的小女孩对他很重要,在这个霁光初开的五月早晨,骆默的记忆被再次唤醒了。

小女孩史希扎着两条小辫,在洪老太的牵领下,从骆默身边走了过去。小女孩看见小男孩骆默坐在门前盯着她看,脸上露出了疑惑的神情。她觉得小男孩看她的样子很专注,她害羞了,就把头低下来。后来她从小男孩跟前走了过去,偷偷回过头来,发现小男孩还在专注地看着自己,她便冲他笑了一下。她不知道她的笑很动人，也不知道她的笑会印在小男孩的脑海里许多年。

当骆默和史希长大后，他们很自然地开始回忆是如何认识对方的。骆默说出了那个早晨的情景。他肯定史希那天曾回头冲他笑了一下，然后他便记住了她。

对此，史希矢口否认，她说她第一次看见骆默时是这样一个场景：一个夏天的午后，她经过骆默家门口，看见一个老太太在阳光下为一个小男孩洗澡，她看见小男孩在木盆里拍水哭闹，她觉得很有趣，就站在一边看了一会儿。后来老太太注意到她，对她说，小姑娘不要看。小姑娘史希就走开了，她不知道老太太为什么不让她看，她记住了这一幕。

骆默知道，史希说的老太太一定是他祖母，他不能接受史希的这种说法，因为史希比他还小几个月，居然能记住连他都未能留下回忆的祖母，也就是说史希不到两岁就能记事了，这是难以理喻的。另外，让史希那么小就看到自己洗澡，骆默脸上有点挂不住，于是他推翻了史希的说法，把谈话引入了别处。

那么，究竟谁的记忆是标准答案呢？其实，那只是些毫无必要的争执，不过是两个青梅竹马的年轻人在寻找一个解闷的话题罢了。此类话题在两小无猜的男女之间是一种情感的润滑剂么，反正骆默和史希常常为此反唇相讥，他们的爱情也在这些小小的拌嘴中被滋养了起来。

三岁半的小男孩骆默在五月一个美好的早晨看见扎着小

辫的漂亮女孩史希回头冲他一笑,他情不自禁站了起来,跟在小女孩身后,小男孩的注意力太集中了,眼睛里只有小女孩甩动的小辫,大意了脚下并不平坦的路,所以刚跑出几步,就一个趔趄扑倒在地,哇地一声哭了出来。

正要推门而入的洪老太看见隔壁骆家的小男孩龙龙跌了一跤,忙过来搀扶,小女孩看见满脸眼泪和鼻涕的骆默被外婆扶起来,她觉得这个小男孩真是没用,刚才给他的那个笑实在是不值得。

但是这时,小女孩的这个笑已深深地印在小男孩心中了。虽然这个笑使小男孩跌了一跤,然而它仍然很动人。的确,这个笑并未直接伤害骆默,使他跌跤。骆默又如何能责怪它呢。这个笑的本质是善良的,虽然结果让他哭了一场,可只能说明骆默太幼稚,还走不来路,把那精致的回眸一笑给破坏了。小女孩史希当然就不愿意了,难免会觉得给他的那个笑不值得了。

小骆默的哭声惊动了在阳台上赏花的祖父。祖父慌里慌张下楼了,他从洪老太那儿领回孙子的时候,手掌里握着冒烟的船形烟斗,老先生谢了一声洪老太,领着孙子回自家屋里去了。

半个小时后,停止哭泣的骆默重新走出了家门,搬了一张小板凳坐在阳光下。他的眼皮红红的,看上去真是没什么出息,他鼻子有些无聊地哼哼着,眼睛看着洪老太家的门,一直到吃午饭也没看到那个扎小辫的小姑娘出现在视野里。

下午，小男孩骆默被祖父领到街心花园散步去了。祖父手里总不放下那只船形烟斗，嘴巴里的烟生生不息。在他和老伙伴们聊天的间隙，小男孩骆默和其他老人带来的小孩玩起了小游戏，一直到黄昏临近。

这时，小男孩的爸爸妈妈都下班回来了，妈妈在厨房里忙吃的，手拿船形烟斗的祖父来找小男孩骆默的爸爸谈话，这时，小男孩已在爸爸怀里调皮了。

祖父对他儿子说："明天你妹妹出院，你去把她接回来吧。"

骆默爸爸说："知道了，我白天已和医院联系过了。"

第二天，骆默的爸爸把傻妹妹小莉接回来了。这是骆默第一次看见姑姑（这是指记忆），三岁半的小男孩看见姑姑总是冲着自己笑，觉得很别扭，就害羞地垂下了头，走到外面去了。

骆默来到洪老太家门口，看见扎小辫的小姑娘正和洪老太玩拆绳游戏。他很专注地看了一会儿老少两人玩着手指上的小把戏，后来小姑娘发现了他，手势停了下来，很好看地笑了，小男孩骆默又跑开了。少顷，他再回到洪老太家门口，只用一只眼睛去偷看，绝大部分脸藏在墙外，但又被小姑娘发现了，小姑娘说："你站在门外干什么，进来吧。"

小男孩骆默愣了一下，乖乖走进了洪老太家，他像一条搁浅的鱼一样可怜，站在老少两人面前表情木讷，小脸涨得仿佛苹果般红艳艳的，样子真是可爱极了。

小女孩对骆默说:"你坐下来,我们来玩挑蹦蹦吧。"

小女孩说的挑蹦蹦是拆绳的一种方言,这个故事发生在潮湿的南方,在当时,挑蹦蹦是小孩子常玩的游戏,这种游戏带有一点迷信色彩:招雨。这也许是南方多雨的一个原因。因为在魔方引进之前,南方小孩子的确非常迷恋于这种挑蹦蹦,几乎每个人都能玩上一玩。

然而,小男孩骆默这时还不会玩,他老老实实又结结巴巴地说:"我不会,不会玩帮帮。"紧张之余他把音也发错了。

不过很快,骆默就开始熟悉这种小游戏了,在小女孩的指导下,他的手变得与小女孩一样灵巧。他们玩得兴致勃勃,骆默的父亲在弄堂里叫了起来:"龙龙。"

小男孩骆默的手停住了,他站了起来,对小女孩说:"我爸爸叫我了,我走了。"

骆默出现在小街上,朝爸爸走过去,爸爸看见他,蹲下来,张开双臂,等待儿子奔过来。

小男孩骆默果然跑了起来,扑进了爸爸怀中。他在爸爸起立的时候,一下子觉得自己长高了,他听到了头顶上有嗡嗡的声音传过来,他抬起头去看——

很高很高的天空上有一只银色的大鸟在飞,鸟的身后,留下一根长长的白色烟柱。

"爸爸,那是什么?"骆默问。

"飞机。"爸爸告诉儿子。

小男孩骆默第一次知道世上有飞机这种鸟，他理所当然要问："飞机？是干什么用的。"

爸爸说，飞机用处很多，最常见的是送人，把这个地方的人送到另一个地方去。

"那么这架飞机也有人啰？"小男孩骆默用手去指天上，那只银色的鸟已经飞远了。

"当然，飞机没有人开怎么会飞呢。"爸爸说。

"我要开飞机。"骆默说。

"你得先长大。"爸爸说。

骆默十九岁那年，果然开起了飞机。他是十八岁被飞行学校录取的。没多久，教练员就发现他是个飞行天才，他对飞机上的精密仪表过目不忘，一切复杂的操纵对他来说都不在话下，在学员们还在为枯燥理论伤脑筋的时候，他已把课本知识活学活用，用实践证明了他的飞行天赋。

飞行学校在郊区，那是骆默所在城市的一个县。那个小县其实是一座岛，与岛相隔，是另一个县。另一个县有两项东西十分著名，一是柿子，另一个是女监。全城唯一的女监，对许多人而言，它是十分遥远的，当然这是从心理的距离而言，但对骆默来说，情况便不同了，他惦记着这座女监，因为那里面关着一个叫史希的女人。当然，她现在的代号是3174。

在五月的这个美好早晨，骆默坐在自家门前被记忆唤醒了，在短暂的秘密心绪过后，他感到了烦恼。这次回家，是因为他腿部骨折,需要疗养一个阶段。这是一个小事故,后果却比较严重。他和学员们在课余玩起了单车越野赛,结果自行车把他从一个斜坡上摔了下来,三脚架凑巧卡住了他的腿,把他年轻的骨骼给弄断了。据医生说,他起码要静养三个月,还能不能开飞机,则要视伤情发展而定。这样,骆默只好盯着绑上石膏的腿发呆,当然除了飞机,他的烦恼中还有另一层牵挂:狱中的史希。

史希是骆默考入飞行学校后第二年夏天入狱的,罪行是预谋杀人,刑期是终身监禁,死者是史希的外婆,洪老太。

一水之隔的骆默听到这个消息,极度吃惊地前往那所女监探望史希。当他看到脸色苍白的史希出现在眼前时,他感到很不舒服:史希漂亮得像缎子般的长发被铰断了,十九岁的她看上去像三十九岁的黄脸婆,她迷人的大眼睛如同蒙上灰尘的灯一样黯淡无光,骆默不忍心去认真打量她,难过地把头垂下了。

他听到非常非常轻的声音:"我要出去,求求你,救救我。"

他吃了一惊,抬起头,他看到一张绝望的枯萎的脸。他想再次把目光偏开,但史希的眼神让他无法摆脱,他们对视着,一种痛苦的怜悯涨满骆默的心,泪水不知不觉挂在了睫毛上。探监的时间到了,他站起来,没有再回头看一眼史希的勇气,在被看守带出去的过程中,骆默感到自己已然成了另一种囚徒。回到飞行学校宿舍,骆默取出小相簿来翻看。

这本连环画大小的相簿只有薄薄数页，插着不足十张相片，起首一张是骆默婴儿时的留影，接下来是骆默和祖父、父亲、母亲一起照的"全家福"，再往下，是三张师生集体照，分别摄于小学毕业、初中毕业与高中毕业，最后还有三张，一张是骆默的年轻肖像，一张是漂亮的大姑娘史希，还有一张，则是骆默和史希的合影。

现在，让我们和骆默一起来浏览一下这些照片吧。首先，我们看到的是骆默的婴儿肖像。这张已经发黄的5寸小照上是一个头发稀疏、眼睛灵动的可爱小孩，这是有关骆默形象的首次记录在案。这张摄于满月时的照片对骆默而言仅有一种意义，就是在他的记忆萌生之前（三岁半之前），他确实存在过。这张照片的纪念性质无可比拟，因为它是处女照，骆默想，其实它与一个人的最后一张照片仅有一个差别，即前者他看到了，而后者他不能看见。这使骆默对这张象征性很强的照片感到畏惧，他既想多看看自己刚出生时的模样，又怕再次引起对遗像的胡乱联想，他把这一页匆匆翻了过去。

于是，骆默的目光停留在了温馨的"全家福"上。那时，骆默已上了幼儿园。有一天，肯定不是星期天，否则一贯严格的父亲就不用代他去向幼儿园请假了，那天还下了雨，父亲领着骆默，祖父和母亲走在后面，来到照相馆，拍下这张"全家福"。晚上，大家在饭店办了两桌酒席，庆祝祖父六十大寿，这原是没什么可多说的。

但是细心的读者可以发现，"全家福"上少了一个人，就是骆默的傻姑姑小莉。既是"全家福"，理应家庭成员一一到位，不该因有人是白痴就予以排除。事实上，真正的原因只有一个，傻姑娘小莉那时已死于非命。

骆默很心慌，手势开始快起来，翻相簿变得和玩扑克一样，那么一扇，相簿的册页便落在了最末一张，出现在骆默眼中的是他与史希的那张合影，骆默的神态和目光都凝固住了。

骆默考上飞行学校的通知书下来后，把这个对他来说非常重要的消息第一个告诉了史希，史希知道骆默被录取了，并不高兴，骆默看她笑都不笑一下，禁不住有点扫兴。史希最后还是向骆默表示了祝贺，脸上捎带露出了稍纵即逝的浅笑。过了几天，史希接到了寄自戏曲学校的录取通知书，她也把这个消息第一个说给了骆默听。从这个细节可以看出，骆默和史希之间的亲密程度和信任关系。史希的学校在市区离家不远，骆默的学校却在那个岛上的县。这是史希不高兴的原因，但史希不能阻拦骆默实现自己的理想，想到骆默要去岛上了，自己不能经常看见他了，史希有点打不起精神来。其实，骆默何尝心里不难受呢。不过，他已不是小孩子了，不会再跌上一跤就哭个不停了。他上前拥住了史希，后来他们亲吻起来，骆默觉得他们的行动很像是个仪式，他不否认接吻是件让人甜蜜的事情，他喜欢这样的仪式。

骆默和史希约好要去好好玩一次，他们选择了一个阳光明媚的上午，出发了。他们到了郊外的森林公园，借了两匹老马，沿着又窄又长的林荫道彳亍而行。他们的前面还有一匹马，坐着教练，那是个沉默的年轻人。他们下了马，去划船，这回只有他们两个人，无人再来妨碍他们了，他们把小船划到一个几乎要搁浅的浅坡上，下了船，钻进了林子。他们本来想找个僻静的地方，但他们在林中走了只一小会儿，眼前豁然一亮，出现了一块大草坪，许多游客席地而坐，吃着野餐。骆默一看天色，已是中午，便也找了一处地方，展开大挎包，把预备好的美味一一陈列，品尝起来。下午，他们重又上船，循原路而归，却迷了路，干脆弃船上岸，在河边亲吻起来。

后来，他们终于找到了门口，摆脱了树林的迷藏，走了出来。在公园门口，照了一张宝丽来。立刻拿到了照片，然后又分开各拍了一张，这些照片如今就插在骆默的相簿里，骆默把相簿往回翻，他先看了一眼自己的肖像，然后把注意力集中在漂亮的大姑娘史希上面。

拍完照，骆默和史希来到一个带咖啡馆的旅店，他们一人来了一杯汽水。骆默准备结束这天的郊游回家了，史希却坐着不动，她说，我不想回去，我想在这儿住一夜。骆默很惊讶地看着史希，史希说，我想和你一起住一夜。

骆默脸上发烧，他没有拒绝这个建议，他们在这家旅店开了一个单间。骆默感到自己快爆炸了。但是，等史希裸体出现在他面前，他却变得十分木头木脑，他的目光贪婪而畏惧，他说了这么一句扫兴的话："我不会。"

史希手里在翻一本书，她对骆默说："我也不会，我们边学边来。"史希手里翻动的是《新婚性知识问答一百题》。她有备而来，骆默搂住史希的时候，感到了晕眩，他深深地吸了一口气，身体一下子变软了。

他们翻动着那本教科书，开始彼此熟悉对方。骆默因为胆怯迟迟进入不了角色，他们手忙脚乱了好一阵子，身上都有了对方的气味，骆默越来越紧张，他把史希抱得更紧了，脸羞愧地贴在史希的脊背上，他没能完成最后的仪式。

他们终未在外住上一夜，他们离开旅店时已是明月当空，郊野的四周一片鼓噪，蛙声替换了日间的蝉鸣，骆默不敢去看史希，他觉得自己实在是太没有出息，他跟在史希身后，成了爱情的影子。

过了几天，骆默要去飞行学校报到了，他来向史希告别。他们去唱了卡拉OK，在昏暗的沙发里旁若无人地亲吻起来，骆默全身都在颤抖，他的嘴唇凑到史希身边，含糊地私语了一句，史希听清楚了，眼神有点朦胧，又有点醉意，她的手居然大胆到去捕捉了一下骆默，她好像被手心里的力量吓了一跳，她慌忙放弃，惊魂未定地看着骆默。过了一会儿，她把嘴唇凑到骆默身边："今天不行的呀。"

可是明天，骆默就要去那个岛了，骆默和史希痛苦地搂在一起，又开始亲吻了。骆默不知道，他不能预知到，他没有机会完成那个仪式了。他看着史希的照片，泪水无声地布满眼眶,他用袖管狠狠地擦了一把眼睛,哭出了声,把相簿合上了。

骆默哭的时候,脑子里晃动着史希非常轻的声音:"我要出去,求求你,救救我。"他痛苦得头快炸开了。他实在是没能搞明白史希杀人这件事。他又把相簿打开了,他不能接受史希这样的小女孩长大了会杀人,他从小学毕业照上找到了扎小辫的女同学史希,她在最前一排蹲着。骆默直瞪瞪看她,他越来越想不通,史希绝望而枯萎的表情浮现出来了,他的泪水充溢出眼眶,滴在照片上,他慌忙去擦,把一滴泪擦在手掌上,小小的湿润使他悲恸欲绝,他再次屈服在往事面前了。

骆默看见洪老太站在校门口等史希,史希和骆默走在一起,她也看见了外婆,她快小学毕业了,外婆还在校门口等她,这使别的同学很羡慕。不过,老师却在班上不点名地批评了史希。老师认为过分依恋大人是一种拒绝长大的心态在作怪,对此学校是不赞成的。史希很委屈,她不理解外婆爱护她有什么不对,她伤心地哭了一场,却没有把老师的话转告给外婆,洪老太一如既往地接送史希,只是同学们不再羡慕她了。史希和洪老太亲亲热热地走远了,骆默听见同学们——特别是那些女生——在背后指指点点,他很气愤地朝他(她)们瞪了一眼。但在心里,他也有点讨厌洪老太,因为洪老太把史希领走了,使他只好一个人孤苦伶仃地走回家。他没想到过几天洪老太还因此闹了笑话,使史希真正在学校里丢尽面子。

要毕业了,按惯例,学校安排了一次师生合影作为分别前的留念,毕业班师生都换上了漂亮衣裳。史希穿的是一件碎花衬衫,别致的是头顶还扎上了丝带。家长都拥到操场边看热闹,洪老太当然也来了。开拍的时候,家长们都四散开去,突然洪老太奔了过来,嘴里急嚷:"蝴蝶结,蝴蝶结。"结果照片冲出来一看,镜头里出现了一条多余的腿,照片上的史希表情有点惊异,她头顶的丝带没系正,这是洪老太叫她的原因。她跑过来准备为史希整理,结果被摄入了镜头,虽然接下来重拍了一张,但史希因此受到了同学们的嘲笑。照片发下来的时候,人手一张,史希却有两张,她觉得没面子极了,扑在课桌上哭了起来,哭完了要撕那张多出一条腿的照片,被骆默阻止了。骆默说:"你不要就给我吧。"史希把照片扔在地上,骆默捡了起来,保存到今天。

初中的时候,骆默和史希依然在同一个班级,骆默是物理课代表,史希是生物课代表。史希非常喜欢小动物,可让她担任生物课代表却是老师的一个失误。因为爱小动物,她害怕上解剖课,有一次她居然在一只剖开肚皮的青蛙面前哭了起来。但她的生物课分数在班里名列前茅,这也许是她当上生物课代表的唯一理由了。

上了初中,洪老太不再来接史希了,骆默不再讨厌洪老太了,因为他可以和史希一起回家了,这对骆默来说是一件幸福的事。三年初中很快过去了,学校又要按惯例拍集体照了，这次拍照的效果非常之好，如果谁有幸看到这张合影，找到骆默和史希的话，一定会看到两副欣喜的表情。

在初中时，有一件事可以提一下，那就是骆默和史希第一批加入了共青团组织，这说明这对少年在老师眼中是品学兼优的学生，这为以后他们双双成为中共预备党员打下了基础。他们入党是高中时的事，那次学校上级党委拨下了两个学生指标，而骆默和史希刚巧在此间完成了一件好事。

有一天上午，课余间隙学生们在操场上，看见有个人在石凳上哭泣，后来那个人站了起来，朝学生中间走来，很快被同学们拥在中央，骆默和史希也在人群中，看见那人边哭边唠叨，是个乡间农民，六十多岁的老汉，手里紧攥着一枚校徽，同学们一看，是自己学校的。农民说了他伤心的原因，他一清早来市区卖菜，落市后骑车回家，在一条必经的小径被几个青年打劫，抢去了辛苦得来的菜钱。他去追，因为年迈，让他们逃跑了，唯一的证据是，追逐途中，有一人口袋中掉出了这枚校徽，他很伤心，不仅是因为钱，还因为强盗出现在学生队伍里，他更伤心这个。同学们听后义愤填膺，也有人说这件事有值得怀疑的地方，现在世道难辨，莫管闲事的好，大家听了，就换了怀疑的目光去看农民。凑巧上课铃声响了，同学们一哄而散，骆默和史希却不约而同留了下来，他们走到农民身边，告诉他，他俩决定帮他抓住那些强盗，他们让农民下午放学时守在校门对面的邮局内，看强盗走出来，让骆默和史希记下他们的面孔，农民感激不尽地答应了，他们才跑着奔向教室。

后来骆默和史希真的和农民守在了校门对面的邮局内，认出了那帮强盗，及时报告了校方和派出所，把强盗们一网打尽了。他们的事迹在教育系统迅速传开，成了疾恶如仇的小小楷模，再加上平时表现一贯良好，顺理成章，两个党员指标就非他们莫属了。

喜欢动物的史希那一年夏天对蝉发生了浓厚兴趣，起因是看了一集《动物世界·蝉》。那一集中的一段描述强烈震撼了史希："蝉的幼虫生活在土中，吸食树根和营养，经过十七年的酝酿后，才破土而出，它攀在树枝上。后来硬壳裂开了，蝉出现在微风中，这时它的双翼是潮湿的，爪子也十分无力，但它必须守在风中，等待翅膀被吹干，它就可以飞起来了。但也有一些蝉从树上掉了下来，成了鸟们的早餐，它在泥土中的十七年就这样被一笔勾销了。"

史希张口结舌地面对荧屏，她被蝉悲壮的成长历程深深震撼了。她和骆默一起寻觅这种昆虫，骆默把塑料袋绑在细竹上捕住了好几只蝉，史希也从树干上收集了很多蝉蜕。他们累了，在草坪上盘腿而坐，史希看着塑料袋内扑动不停的蝉，心里的感受非常奇特，她对骆默说："你看它们其实与我们一样大，简直让人匪夷所思。"

骆默没有回答，他正在为自己的脸担心，他本来的皮肤相当好，春天以后，长出了很多青春痘，骆默觉得自己像植物一样发芽了。他很难为情,因为相比漂亮的史希,他现在的面容可谓丑陋。他是个英俊的小伙子,如果不是脸上发芽的话。史希则越来越漂亮了,皮肤细嫩光洁,声音甜美而动人,骆默想,同样是长大,方向怎么如此背道而驰呢,他觉得自己配不上史希了。

史希见骆默在走神,叫了他一声,把刚才的话重复了一遍,骆默问:"什么一样大?"史希说:"你看这些蝉,它们的年龄其实和我们一样大。"骆默说:"怎么会呢。"史希就把电视里的那个故事说给骆默听,骆默听后,觉得蝉很了不起,凑过来观察它们,他的头发碰到了史希的头发,他们互相看了一眼,脸红了。史希说:"我们走吧。"他们就爬起来,继续去捕蝉。

傍晚,他们来到湖边,忙了一天,骆默捕到了整整一袋蝉,史希也捡了一大堆蝉蜕,她把蝉蜕一只只放进湖里,用手推动水面,蝉蜕像小船一样远去了。史希说:"我们来放生吧。"

骆默把塑料袋打开,数十只蝉飞了起来,很快消失在昏沉中,归入了树林。

骆默和史希靠在树上,说起了童年,骆默说他是这样认识史希的,他看见洪老太领着扎小辫的史希从身边走了过去,小姑娘史希回头冲他笑了一下,骆默记住了史希的笑,然后便记住了她。

对此,史希矢口否认,她说第一次看见骆默时是这样一个场景：一个夏天的午后，她经过骆默家门口，看见一个老太太在阳光下为一个小男孩洗澡，她看见小男孩在木盆里拍水哭闹，后来那个老太太注意到她，对她说："小姑娘不要看。"小姑娘史希就走开了，她记住了这一幕。

骆默问史希还记不记得他的傻姑姑小莉。史希说记得。骆默说："她活了十七年，可是毫无意义，就像一只被风吹落的蝉。"史希说："她死的时候和我们现在差不多大，如果她有脑子就不会死了。"骆默说："所以人是用脑子活着的。"史希说："那还不如说人是为脑子活着。"骆默说："你这说法比我好。"史希朝骆默看了一眼，骆默从她美丽的眸子里看到的是羞怯和甜蜜。

骆默的傻姑姑小莉从医院被接回家后不久死于了非命。上回住院是因为她吃下了一把有毒的夹竹桃花，结果被洗了胃，而下一回她却把一串橡皮筋当作面条吞了下去，就没再活过来。

脸上发芽的骆默此刻在飞行学校的宿舍里翻动着相簿，他陷入了对往事的回忆中，一次次被史希绝望而枯萎的表情怔住。他的目光空空的，努力使自己把注意力集中起来，他现在要把照片上的史希与监狱里的史希统一起来，他失败了。

现在骆默眼中是高中毕业时的集体照，显而易见，你一眼便可以找到史希，众人之间，她非常显眼，因为她的确是个与众不同的大美人。"美是无法忽略的。"有一次骆默对史希说:"不用说只看毕业班几十个人,就是一张一千人的照片,我也能一眼把你挑出来。"我们不排除这句话里包含着骆默个人的感情成分,但史希的漂亮的的确确是校园里的一个共识,所以当骆默在监狱里看到十九岁的史希憔悴成了三十九岁的黄脸婆时,他如何会不感到难过呢。他把相簿朝床上扔了过去,仰下来双肘交叉在后脑壳上,泪水使他什么也看不清晰了。

除了喜爱动物,史希还是个戏剧爱好者,她的甬剧一直是学校文艺活动里的保留节目。在流行歌曲泛滥的校园,她却唱濒于灭亡的甬剧,而且得到师生们的欢迎,说明她唱得确实颇有韵味。但学校并不因此认为史希就要去报考戏曲学校,所以她的志愿填好后,老师很吃惊,而且骆默也吓了一跳。

骆默找到史希说:"你不是说要读动物学么,怎么改主意了。"

史希说:"权衡之后,我发现自己更喜欢唱戏,我成不了动物学家,因为我连解剖一只小青蛙也害怕。"

骆默很为史希惋惜,可他知道唱戏至少是不会触及杀生的,既然史希是真的喜欢,自己又有什么理由去多饶口舌呢。他没有料到,解剖一只青蛙也会害怕的史希居然会杀人,而且死者是那么喜爱她的外婆。

五月的一个美好早晨,初开的雾光在布满青苔的弄堂间擦肩而过。骆默坐在门前养伤,他的腿上绑着厚厚的石膏。

他和学员们在课余玩起了单车越野赛,结果自行车把他从一个斜坡上摔了下来,三脚架凑巧卡住了他的腿,把他年轻的骨头弄断了。这次事故纯属意外,对骆默而言真是飞来横祸,原本他是拒绝这次越野赛的,他的心情不好,脑子里只有狱中的史希,他如今更确信史希的话:人是为脑子而活。他无法把史希从脑子里抹去,如果它能抹去史希就能抹去痛苦。骆默明白这一点,却不能做到。他本来已谢绝了学员们的邀请,后来又想放纵一下又有什么不好呢。于是他就参加了那场赛事,结果酿成了事故。骆默盯着绑上石膏的腿发呆,他知道自己不能再开飞机了,学校绝对不会允许一个摔坏过腿的学员驾驶飞机,医生说视伤情发展而定能否上机纯属安慰,骆默心里很清楚这一点。

骆默想当一名出色的飞机驾驶员(飞行家),这是他的童年梦想,这个梦想在他接近实现一步之遥的地方化作了泡影,骆默感到了人生的渺茫。他想自己实在是不幸,先是失去了史希(爱情),再是失去了飞行(前途)。在这种情况下,他决心冒险了,他准备把史希救出来,然后隐姓埋名,和史希过世外桃源的生活,他并不认为这个构想天真可笑,他已经是二十岁的年轻人了。他认为,为了自己心爱的女人值得这么做。他认为,这么做的结果至少可以得到史希。既然他已成不了飞行员了,拥有一个青梅竹马的情侣总不是一个过分的要求吧。骆默觉得这件事是应该做上一做的,他又看到了史希绝望而枯萎的表情。

# 史　希

　　同一年，七月的一个阳光明媚的午后，女子监狱里的杀人犯史希被允许在户外孵上片刻阳光，这对史希来说是一个希望，她要逃跑了，想到骆默正在为她重获自由想办法，她的烦恼暂时被减轻了。她蜷缩在阳光下，她想从明天开始就可以到山坡上去干活了，她笑了一下。

　　史希原先在牢房内被隔离开来，她的罪行是杀人，这与普通的刑事犯不同，所以她的牢房也特别一点，是一个人住的。她知道自己是重刑犯人，所以她首先要做的是使自己变成一个普通犯，至少可以享受普通犯的待遇。她的表现很好，虽然她的内心一天比一天痛苦，但她没有大吵大闹，连小吵小闹也没有。她入狱已有一年了，她申请了很多次，要求有劳动的权利，她说自己还年轻，不能一辈子这样下去，监狱里给她吃饭，她却不能为监狱干点什么，这让她感到卑微。她的申请始终没有得到答复，但她还是坚持自己的观点，直到最后打动了坚硬的监狱，她被允许在户外孵上片刻阳光了，并且看守告诉她，她的请求已被批准，明天她就可以到山坡上去干活了，她笑了。

　　笑过之后，她的表情变得像乌云一样阴暗，她回想自己两年前成了预备党员，向学校党支部交上的是入党申请书，而今却杀死了心爱的外婆，变成连劳动也没有权利的罪犯，交上申请竟是要求去山坡干活，她被一种强大的悲伤吞没了，她知道自己并没有精神病。她想起有一回曾对骆默说过：人是为脑子活着。她杀死外婆只有一个原因，外婆就是王玉茹。史希忽然想到了骆默的傻姑姑，她是第一个发现吞下橡皮筋的女傻子的，她想如果骆默的姑姑脑子好使的话就不会死了，联想到自己，史希哭了起来，她低声的啜泣没有惊动任何人。史希从阳光下失踪了，她返回了昏暗的牢房，她知道女傻子的死是因为吞下了不该吃的东西，而自己的杀人是因为知道了不该知道的历史，她看见外婆临死前朝她丢过来的神秘一瞥，她吓得浑身颤抖起来。

在牢房里，史希有过自杀的念头，而且有一次已经付诸了实施。那天她在铁窗上看见了一条盘踞的蛇，她吓死了，但她发现被蛇咬上一口正是件求之不得的事。她慢慢朝铁窗走了过去，手臂伸向那条蛇，蛇没有理睬她，游走了。

史希失望地坐下来，她不知道骆默会不会救她出去，如果只能在牢房里住一辈子，那活下去又有什么意思呢。骆默来的那天，她压低声音对他说："我要出去，求求你，救救我。"可骆默只是看着她，他的泪水挂在了睫毛上，探监的时间很快到了，他站起来，没有再回头看她一眼，就被看守带了出去，从他走路的姿势中，史希感觉到他快支持不住了。他如果回过头看她一眼，马上会瘫在冰冷的水泥地上。史希知道，此刻如果说有谁比她更痛苦，那就是骆默，骆默的牢房造在他的脑子里，那座牢房比史希的牢房苦难更深重，骆默把自己关起来了，他俨然成了另一种囚徒。

史希看见了外婆被杀死时的情景，外婆口中被塞满了橡皮筋，史希泪流满面，她怀着对外婆深深的爱，使外婆窒息而亡，她从外婆的脸上看到女傻子垂死时的状态，她回到了那个童年时分。

她和小伙伴在弄堂的一个缺角跳着橡皮筋，这是一个南方的故事，和挑蹦蹦一样，跳橡皮筋也是魔方流行之前儿童们爱玩的一个游戏。这个游戏一般局限于女孩子，但那天骆默也参加了进来，他的加入是因为女孩们少了一个人桩。骆默在家里听祖父讲故事，史希在窗口叫他了："龙龙，帮我们做桩好么?"骆默经常为女孩们做桩，他就又去为她们做了一回。两条小腿叉开，把橡皮筋套在脚踝上，看女孩子们跳来跳去，骆默傻乎乎站着，可爱极了。

骆默可以这样站下去，站一个下午。不过他那天忽然要来一个调皮的动作，他悄悄开始往后退去，他的对面是个石凳，橡皮筋的那头就套在石凳上，他向后退去，橡皮筋很快被拉紧了，女孩们停下来，大声叱喝他，他甜蜜地笑着，继续往后退，结果突破了橡皮筋的极限，噗的一声，骆默觉得脚踝上的分量倏地没有了，他的笑一下子不可爱了，换上僵硬呆滞的表情，求饶似地看着冲过来的小巾帼们。

女孩们用愤怒的目光直射他，骆默低下了头，等他抬起头来，女孩们已去捡橡皮筋了。奇怪的是，女孩们没有找到橡皮筋，正好橡皮筋弹去的方向有一窨井，女孩们以为橡皮筋从窨井的破洞里掉下去了。生气的女孩们就来向骆默兴师问罪，骆默答应一定赔给他们。

吃晚饭前，史希首先发现了角落里的女傻子，她的口中塞满了橡皮筋，死状很可怕也很恶心。女傻子死的时候才十七岁，没有人为她的死亡感到可惜，只有人说了几声可怜可怜，还有人说这样的话："小莉这样死了，虽然惨了点，总算是一种解脱呀。"

史希长大后明白了别人为什么要这么说，人是为脑子而活。骆默的姑姑是个没有脑子的傻子，所以她活着就已经死了，她死了也就不值得可惜。史希觉得自己的解释还过得去，她把这个想法收藏在心里了。

史希后来意识到，自己报考戏曲学校是一种冥冥中的安排。因为她本来是准备钻研动物学的，可她却不敢上解剖课，这个理由在现在看来，简直非常可笑。因为她连杀人都不怕，怎么会不敢为动物解剖呢。然而当时史希确实为一只死去的小青蛙掉下过眼泪。史希后来选择了戏曲，也是别无选择的举动，因为唱戏也是她很热衷的，不过她没有预料到由此杀害了外婆。

史希把考上戏曲学校的消息告诉外婆时，洪老太正在躺椅上听甬剧《半把剪刀》，她对史希的选择大为震惊。史希原本以为外婆会为这个消息感到高兴，她把她的选择隐瞒到最后一刻，只是为了要让外婆喜出望外，哪知她把事情一公布,却激怒了外婆。洪老太的脸色一下很难看。史希没想到,外婆骂了她,外婆的骂使史希措手不及,她委屈得一句话也说不出来。她不明白,外婆那么喜欢戏曲,为什么对她的选择却如此不愿接受。史希的泪水顺着脸颊无声地流了下来。

"可是你不是也喜欢戏曲么?"史希的声音轻得几乎只能让自己听见,可洪老太听见了,她坚决地说:"那——不———样。"

当然,史希后来知道了外婆为什么这样说。她理解了,她真是受不了,她的脑子受不了,她是一个为脑子活着的人。她将杀死深深热爱的外婆,她动了杀机,她的脑子指使她这么做,她的罪行使她解脱一种痛苦,旋即进入了另一种痛苦。她憎恶自己的脑子,和脑子里危险的念头。她如果是一个傻子,就不会有那种痛苦,那种压抑得令她爆炸的痛苦。她如果是一个傻子,那么一切对她来说就没有真相,傻子只把橡皮筋送进自己的嘴巴,她却把橡皮筋送进外婆的嘴巴,外婆临死前朝她丢过来的神秘一瞥,吓得她浑身颤抖起来。

第二天,史希上山坡干活了,她被分配在蔬菜班,她心怀鬼胎,观察着地形,她把所处的位置牢牢地记在心里:这是一块三面环水的坡地,种着柿子树,树间有一小块一小块种菜的地块,除此之外,是一个看守哨。史希一边干活一边搜寻,她没有发现任何自己需要的破绽,她有点灰心,她发现要从这样一个地方逃跑是件天方夜谭的事，她把希望寄托在骆默的飞行上面。

过了几天，骆默又来女监看史希，这是骆默腿伤好后第三次来探监，他压低声音说，他已决定把营救时间定在某个迷雾天的早晨。史希激动得全身都在颤抖，她知道只有骆默会为她这么做，她是多么爱骆默啊。

骆默走后，史希又去山坡干活了。她种菜的手势很生疏，从小到大，承蒙洪老太溺爱，史希没怎么干过粗活。她会熟练地挑蹦蹦，还会灵活地在橡皮筋上蹦来蹦去，可洗碗扫地都干不好。洪老太给她的爱太多了，多得使她对俗事一概不知，有更多的时间迷恋于精神世界。她是一个为脑子活着的人，所以她不能负担真相赋予她的悲伤，她的悲伤迅速转化为吞噬理智的仇恨，她仇恨外婆，她热爱外婆，她每天在煎熬中，被自己的身世撕碎，她终于选择了让洪老太去死。

史希喜爱戏曲，受外婆影响很大。外婆是个甬剧迷，史希耳濡目染，终于情不自禁。洪老太容忍了史希的好吃懒做，却不能容忍史希考戏曲学校，史希后来明白了其中的奥秘。

在戏曲学校，史希读的是甬剧班。甬剧班的教程里除了唱腔吐字身段等基本功外，有一门甬剧发展史的知识课，所用教材是一本未经正式出版的书。卷首对甬剧做了简约的概括："该剧种源于甬江，流行于浙江宁波和上海。清光绪年间始有职业班社，一度改称'四明文戏'。唱腔以滩簧调为主，兼唱马灯调等民间小曲。是南方比较重要的戏曲之一。"史希对这段解释并不感兴趣，她信马由缰地把书往后翻，后来她的目光在一页印有照片的纸上停了下来，那张照片由于印刷的缘故，显得不太清楚，不过它的出现却令史希非常吃惊，因为她看到过这张照片，她在照片下面看到这样一个名字：王玉茹。她的心中充满了疑惑，她不知道这张照片怎么会被印在书上，她的好奇心促使她匆匆翻过了这一页，她看到以下一截文字：王玉茹，浙江宁波人，随甬剧丰经戏班来上海，19岁唱红沪上，并形成自己的表演风格，成为当时最为著名的甬剧皇后。1930年涉足影坛，拍下《梦景园》、《情敌》等言情电影，成就不高。1942年割腕自杀未遂，康复后主演第一部甬剧电影《天要下雨娘要嫁》，大获成功。1946年在共舞台首演《狂花》，轰动申城。1948年隐退。原因据说是嗓子受损，她是甬剧辉煌时期的重要艺人，由于未授徒，王派甬剧唱腔未能流传下来。解放后人民政府曾多次探寻她的下落，却一直未能找到，她的身世成了甬剧发展史上的一个谜。史希忽然从座位上站了起来，像被什么东西扎了一下，把她从梦中唤醒。她非常吃惊于这样一个现实，老实巴交的外婆竟是一名风流一时的明星。意识到自己失态，她仅用了零点几秒，她局促地坐了下去，脸涨得通红，师生们用奇怪的眼神打量她，幸好没人问一下她的举动是怎么回事，大概大家都以为她的裙子被椅子夹了一下吧。

史希坐下后，又把书翻到那张照片上，她肯定它就是家里的那张。照片上的女人是年轻时的外婆,她很美,时光过去了几十年,用现在的审美观来看,她同样属于难得一见的美人。史希胸中的谜团迅速膨胀开来,她想搞明白这件事,她对外婆充满了怀疑,也对外婆的传奇充满好奇,她决心把一切弄个水落石出。

不过她在外婆面前控制着自己的情绪,显得和平常一样无忧无虑,她没有让外婆觉得她居心不良。她趁外婆外出的一刻,把书上的照片翻出来与外婆床头边的照片对照,它们果然是同一张照片。史希哭起来,她觉得一下子与外婆的距离太远了,在她的脑子里,外婆变成了另一个人,变得无法置信,难以亲近。

史希后来得到了一条解开外婆身世的线索:一个叫经煌的甬剧界前辈。这位前辈是一个七旬老翁,他是琴师,曾为王玉茹操过琴,他作为嘉宾首次被请到戏曲学校来做讲座。他为师生们说掌故的时候,说了很多有趣的梨园轶事,他在说到自己的操琴史时,提到了一个令史希触目惊心的名字:王玉茹。当然,经煌只是把王玉茹作为一名当时的名角顺带了一句,他的目的仅是为了证明自己曾经是多么举足轻重的琴师,只为大牌操琴,以此抬高自己的身价和文物感。他的目的达到了,至少有一个人惊讶地瞪大了眼睛,那就是史希。

史希当然不会允许自己错过这个难得的机会,她在课后去找经煌,打开那本书,翻到那张照片的一页,问,经老前辈，这张照片上的女人是您刚才说的那个王玉茹么？经煌把眼睛凑到书上，辨认了片刻，点点头，肯定地说："她就是王玉茹，只有一个王玉茹，她是色艺双绝的甬剧皇后，想当年红透了上海半边天，可惜红颜命薄呀。"

史希目不转睛盯着经煌，等他说个透彻，可经煌叹了口气之后，摆了摆手说："那些都是过去的事了，不提也罢。"史希当然不罢休，不过她没有胡搅蛮缠，她生怕穷追不舍会使经煌生疑，所以临时扯了一个小小的谎，她说："经老前辈，我一直想写一部解放前梨园行的小说，不过我对那段历史了解不多，您是大琴师，和那么多著名演员合作过，能认识您，我真是十分高兴。"她一下子把经煌的虚荣心点燃了，老琴师得意起来，笑眯眯地对史希说："难为你要写这样一部书，我脑子里的故事放着也是烂掉，你要就送给你。今天不早了，星期天上午我在江边的白亭等你，你来吧。"

那个星期天是南方典型的阴雨天气，史希撑着一把碎花雨伞前来赴约。经煌没有食言，冒雨而来，坐在白亭靠江的一侧，等史希在他对面坐下来，他就开始讲故事了。

经煌讲的，正是史希疑问重重的王玉茹的身世。在经煌心目中，早年的王玉茹可谓完美无缺。她聪明、妩媚，周身上下有股富贵气，一点也不像从乡下小地方出来的姑娘，她成名很早，不满二十岁就红遍了上海滩，当然因为她的美貌，生活里也必然要传出一些这样那样的绯闻。像王玉茹这样的女人注定了是要不幸的，这样的事在梨园行里好像是无法避免的。王玉茹这样的女艺人一旦出了名，身边便会层出不穷涌出许多大亨和官僚，小报上涂满了有关她的花边新闻。其实据经煌所知，王玉茹当时并没有和什么重要人物有不正当的关系，外面的传闻不过是以讹传讹的谣言，那时王玉茹有一个青梅竹马的情人，是她唱甬剧的搭档。王玉茹整天与他形影相随，粘住了似的，拆也拆不开，怎么可能去粘上那些不干净的事呢。不过倒霉的人注定是逃不过厄运的。王玉茹的那个情人后来被人杀死在街头，他正和王玉茹在弹街路上散步，后面有人给他来了一刀，他惨叫一声，死了。王玉茹那阵子日子本来就不好过。她主演的电影亏了本，精神压力很重，又突然出了这件事，她就想不通了去找死。她割破了自己的手腕，血流了很多，却没有死掉，被抢救过来了。这以后，她似乎振作了一阵子，拍了一部红极一时的甬剧电影《天要下雨娘要嫁》，又在共舞台首演了甬剧《狂花》，也算是很成功的。这期间，传出她与金融家赵生发生了恋情，这也是传说，因为谁也无法证实真实性。再后来，王玉茹就渐渐从公众的视野里消失了，她不再出现在舞台上，据说是嗓子坏了，不能唱了。1949年初春，经煌曾见过她一次，居然是在一个叫"芍药花"的小妓院里，她认出了经煌，连忙把头掉了过去，转眼不见了。从此以后经煌就再也没见过她。她作为一个明星的生涯就这样结束了。其实这样的事在当时并不鲜见，今天还是舞台上的皇后，明天就可以去给别人做小，或者像王玉茹那样陷入火坑，让人想起这些就觉得往事不堪回首。

史希坐在廊椅上,表情早已呆滞,经煌并没有察觉到她神情的变化,叹了口气说:"你觉得这个故事很落俗套是么?"史希慢慢站了起来,经煌在背后说话,她像没有听见,她脑子里出现了许多杂音,仿佛有一根鞭炮的引线在咝咝燃烧。她在江边奔跑起来,把经煌的呼叫远远抛在后面,她漂亮的长发被南方的细雨打乱,她披头散发地奔跑在江边,脑子已赶不上她身体的速度。在山坡上干活的史希等待着迷雾大的光临,她在这种焦虑而急迫的心情下种着蔬菜。在女子监狱里她没有一个朋友,她是多么思念骆默呀。她想起了两年前和骆默在那个带咖啡馆的旅店里的情景。她是很喜欢骆默的,所以准备好了把自己奉献给他。她当着骆默的面脱去了身上的衣服,也不知道哪儿来的勇气,她看见骆默脸色变得越来越紧张,她想一定是自己的举动吓坏了他,她听见了骆默畏缩的声音:"我不会。"史希手里翻着《新婚性知识问答一百题》,她是有备而来,事先她没有去读这本书,她准备和骆默一起钻研并实践一下书的内容。后来,他们红着脸打开了书,他们互相熟悉着对方的身体,骆默抱着她,他在发抖,他的心跳压迫着史希的背脊,他们的身上布满了彼此的味道,他们没能完成最后的仪式。史希觉得骆默实在是没用,自己的奉献实在多此一举,她的奉献本身是一种被爱情驱使的力量,虽然结果没有成功,可并不能说明骆默不爱她,史希觉得骆默实在是有点傻气,心里有股说不出的味道。

那个没有结果的夜晚过去后几天，骆默来向史希告别，骆默要去飞行学校报到了，他们去了卡拉OK，旁若无人地在昏暗的沙发里亲吻起来，史希听见骆默含糊的私语："我想要你。"史希听清楚了，她的心一阵狂跳，手居然大胆到去捕捉了一下骆默，她被手心里的力量吓了一跳，她慌忙放弃，惊魂未定地看着骆默，她是多么愿意和骆默度过一个欢乐的良宵呀。可史希那天身上潜伏着女性特有的麻烦，她只好对骆默说："今天不行的呀。"她和骆默拥抱在一起，又开始亲吻了。史希不可能预知到，她此生再也不能与她心爱的骆默完成那个仪式了。

史希是一个为脑子活着的人，这是她悲剧的根源。放大了说，也是所有人类悲剧的根源。人是不能知道悲惨的真相的，如果史希像骆默的姑姑那样没有脑子，那么她就不会有痛苦，不会为外婆当过妓女这件事而痛不欲生。史希杀死了深深宠爱自己的外婆，手段极为残忍，而她又是连解剖一只小青蛙也要落泪的性格，她的行为在任何人眼中都是反常的。的确，史希被自己的脑子控制住了，或者说，被她脑子中的仇恨控制住了。外婆的妓女生涯使史希这个一贯清高的女孩的精神支柱一下子塌了。自卑感像旋风把她卷起，使她再也看不起自己，继而对人生感到失望、恐惧，所以当听完老琴师经煌的叙述后，只能选择了逃跑。她沿着江边狂奔，直到累垮了扑倒在一棵树上，从那一刻起，她换了一副脑子来注视世界,她眼中的外婆变得下贱而卑微,她从外婆身上寻找当年王玉茹的身影,她越来越发现外婆像一个妓女。其实,这是她的脑子在为她塑造一个放荡的形象,想到自己的生命来源于一个妓女,她简直恶心得要大口呕吐。终于,她要杀人了,这是一件她无法控制的事情。

史希走到洪老太身旁,她用一种异常平静的口吻吐出这样三个字:"王—玉—茹。"她看见外婆慢慢抬起头来,目光中充满了惊奇与慌乱,史希冷冰冰地说:"我知道你为什么不让我学唱戏了。"洪老太看着史希,脸霎时变得惨白,她表情中掩饰不住的哀伤使史希顿生怜悯,不过,她强大的仇恨正从脑子深处汹涌而来,把细小的怜悯转眼间淹没得无影无踪。她迅速被杀人的欲望控制住了,她把一团橡皮筋塞进了外婆口中,她看见外婆脸上流下了两行浊泪,她的心都快碎了,她是多么爱外婆呀。她看见外婆看了她一眼,眼神中充满了幽怨,她吓得发起抖来,她把橡皮筋从外婆口中取了出来,可已经迟了,外婆已经死了,她一下子瘫在地上,脑子里所有的神经正在分崩离析,她哭晕了过去。

## 骆默和史希

脸上像植物一样发芽的骆默在经过两个月休养之后,以痊愈的身体重返飞行学校报到了,果然像他预料的那样,他被礼貌地拒绝继续完成飞行学业。教练员们非常可惜骆默这样的好苗子以此种情况被淘汰,不过学校的规则使他们爱莫能助。骆默伤心极了,他恳求学校不要放弃他,如果他不能上飞行课的话,可以转到维修专业去。学校同意了他的建议,他就到了飞机机械班上课。

这一人生变化对骆默来说是个严酷事件,带给他的心灵伤害绝对超出常人想象,飞行和维修这两门课程对骆默而言是无法比拟的,它们的距离如同骆默的两只大耳朵,看似不远,却不能互相置换。每天骆默从停机坪上经过,一种难以名状的痛苦立刻将他捕获,骆默看着天空,他不能再飞行了,没有飞机,他就成了一只折断双翼的鸟。骆默想,自己为什么那么不幸,先是失去了史希,然后失去了飞翔。他慢慢坐下来,蹲在围墙边的树桩上哭了很长时间,他听见了飞机在头顶盘旋的声音,他过去的学友们正在天上逍遥呢。他们一旦降落,他却要去为他们的飞机检修,骆默心里的苦涩像稻子一样抽穗了,他准备偷一架飞机,去营救他心爱的史希。他把这个想法藏在心里,他在等待时机。

骆默后来看中了一架湖绿色的军用直升机。他计划选择一个迷雾天,趁着朦胧,驾驶那架直升机,飞过江去,把史希从女监里救出来。他后来在探监的时候,分几次把他的意图阐明了。确实,他每次只能表达一部分想说的话,因为探监的时间非常有限,而且他必须压低喉咙说,断断续续地说。不过史希还是从"飞行、直升机、迷雾天、户外、干活、等待"之类语焉不详的单词里理会了骆默的企图。她形容枯槁的脸变得兴奋起来。她是多么爱骆默呀。只有骆默才会愿意为她冒这么大的险，她看着骆默长满青春痘的面孔，知道接下去她应该怎么做了。

史希开始申请要有劳动的权利，她的理由合乎情理：监狱里给她吃饭，她却不能为监狱干点什么，这使她感到卑微。她坚持自己的观点，终于说服了坚硬的监狱，她被允许到山坡上去干活了。这使骆默感到满意，他冲着史希自信地笑了一下，轻轻说："迷雾天。"史希笑了，她是多么爱骆默呀。

迷雾天迟迟没有来，无休止的等待使史希心情渐渐糟糕起来，骆默告诉她这是一件非同寻常的事，决不可以贸然行事。他用严峻的神色制止史希的浮躁："必须等待。"

史希觉得现在的骆默很陌生，他从小是个性格懦弱的人，可在劫狱这件事上，他的自制力令人吃惊。他斩钉截铁的表情使史希一下子变得很踏实，她相信拥有这种表情的人一定能把她救出去。骆默离开时的背影在史希眼中格外高大，史希认为过去对骆默的理解充满偏差，至少是不全面的。

史希不知道骆默在飞行学校的遭遇，不知道骆默承受了与她得知外婆身世时程度相似的打击。如果她了解到骆默被剥夺了开飞机的权利，就会理解骆默的性格为什么会突然强硬，她只知道骆默是多么爱她，为了她甘愿赴汤蹈火。史希被骆默的痴情感动得热泪盈眶，她的脸腮上很快潮湿一片了。

监狱中的史希把骆默当成了精神支柱，她的心重新归于了平静，她和其他女犯在山坡上种着蔬菜，她已经把这份活干得很熟练了。她从小玩挑蹦蹦的双手是那么灵巧，她干得又快又好，试想她如果是一个农民，她挣的工分肯定是女囚中最多的。可她是一个杀人犯。这是一个无法篡改的身份，史希现在已熟悉了这个身份，她的代号是3174。

3174是个累计数，而不是一个现时数，这座女监已有二十年历史了。无聊时的史希给它做了道算术：3174除以20，得每年158.7人次，四舍五入，得159人，再除以365天，得一个未除尽数0.43，也就是20年来，平均每天有0.43人次被关入这座女监，折合起来每三天一个人多一点，史希觉得这个数字比想象中要多。她在脑子里完成了这道算术，费了不少脑筋。的确，她的数学不太好，她最拿手的课程是生物，可她胆量太小了，小到不敢解剖一只小青蛙的程度。如果她的胆量大一点，就不会去报考戏曲学校，而去读动物学，那么她就不会知道外婆的秘密了，就不会有杀死外婆这样疯狂的举动了。史希又看见了外婆临死前的眼神，她害怕得浑身发起抖来。

种蔬菜需要浇水，江边有一块可供汲水的大石，每次下去两个人，就可以挑上满满一桶水上来。不过不是每个女犯都能到江边去，一般都是表现很好的犯人才被允许下去，因为江边有一根白线，超过线即是越界，可以被视为越狱。曾经有女囚借挑水之名跳入江中的事例，所以监狱一般不允许犯人下去挑水，只有经过严格挑选的好犯人才可以。史希是重刑犯，她不可能被派下去，可她很想下去，她想走出那条白线，体会一下自由的滋味，虽然那种自由是完全虚假的，山坡上持枪的看守正严阵以待。可史希是为脑子而活的人，她觉得让心灵过把瘾是一件幸福的事，她很羡慕那些可以下去的女囚。

有一天傍晚要收工的时候，发生了一件意想不到的事。一名四十多岁的女囚和另一名女囚下去打最后一桶水，汲完水后，那个四十多岁的女囚伸了个懒腰，突然一个猛子扎入江中，奋力向前划水，看守立刻发现了这一情况，一边朝天鸣枪，一边冲下山坡。那个女囚拼命在往前游，终于，一个看守对着水中开枪了，几枪之后，看守击中了那个企图逃跑的女囚。站在山坡上的犯人们看见那个女囚沉了下去，全都吓得没有了血色。史希朝江边奔去，在接近那根白线的地方，她本能地站住了，她看见江中的一团血正在散开，像晚霞一样艳红，她闭上了眼睛，瘫软在白线前。

等待时机的骆默终于迎来了一个迷雾满天的早晨，他准备行动了。他借着白色掩护，靠近了那架湖绿色的直升机，他用了一把镊子不费吹灰之力就打开了舱门，他对自己的手艺颇感满意，甚至还得意地吹了声口哨。他启动了直升机，螺旋桨开始转动的时候，骆默害怕了，他听见了很响的声音,他想可能已经被发现了,他觉得螺旋桨正在打碎四周的迷雾,使他暴露。他加了一把劲,飞机上升了,他紧张极了,但想起江对岸的史希正在等他,他觉得有一股神奇的力量在驱使他。他稳稳地控制了直升机,他的确是一个飞行天才,在能见度只有十米的迷雾天,他驾驶着他的梦想来营救他的史希。

在山坡上种菜的史希知道骆默要来救她出去了,她盼望了那么久的自由即将化为现实了。她的心跳骤然加快,她似乎已听见了直升机的声音,她种菜的手开始颤抖了。果然,她听到了直升机的声音,它隐约而来,在史希听来却响彻云霄,她的心都快蹦出来了。

骆默驾驶着直升机在江上盘旋。他在寻找着合适的位置,可以安全降落的位置。此刻已临近上午九点,江上的迷雾开始褪去,骆默的飞行已持续了一个多钟头,他终于看见了那所女子监狱,他在心里叫着:"史希,史希。"他的泪水濡湿了眼睛。

史希看见了那架湖绿色的直升机,不单是她,山坡上的女囚都注意到了悬在半空中的直升机。除了史希,没有人知道它的来历,没有人会想到这架直升机是在劫狱,所以当史希朝正降落的直升机走去的时候,包括看守在内,都未能反映出史希的动机是什么。大家还以为年轻的史希是因为好奇而去看看难得一见的直升机呢。

迷雾正在变淡,直升机平稳地在一块空地上降落了,一个看守去向监狱长报告山坡上突然光临的直升机，他一定以为它是为了某种重要的公务而来。

骆默和史希终于见面了，山坡上的其他女囚很快就发现了不对头，因为直升机里下来的小伙正在和3174说话。

骆默对史希说："快走吧。"史希听不清楚，因为直升机的螺旋桨噪声太大了。骆默大声贴着她的耳朵喊："快走吧。"史希听清楚了。她爱慕地看着骆默，只有骆默才会冒这么大的险来救她，她的脚踏上了飞机的舷梯，在那瞬间，她突然惨叫了一声，她看见了几天前被打死在江水中的女囚的尸体，看见了那团正在散开的像晚霞一样的艳红的血，她脚踝一软，一脚踏空了。骆默的手拉着她，用力拉着她，可史希一点力气也没有了，她真的一点力气也没有了。她朝骆默喊："你走吧，你快走。"骆默的手不愿丢开她，使足了力气把她往上提，他太紧张了，手臂在发抖，根本不可能把史希提起来。

监狱里的警察这时已出现在了山坡上，眼中的景象已明白不过地告诉了他们正在发生什么事情，他们奔跑过来，一边奔跑一边朝天鸣枪。史希大声对骆默说："别管我，你走吧。"骆默饱含热泪松开了史希，驾驶着他的绝望升空了。史希看见直升机摇摇晃晃地朝江心飞去，枪声响了，子弹们射中了直升机，史希看见了它慢慢地打旋，头朝下，栽入了滔滔的江水。

"不，"史希大叫一声。史希重新被关进了牢房，她不能再在山坡上干活了，不过偶尔还可以在有太阳的日子里孵上片刻阳光。她口中总是念念有词："一只蝉从树上掉了下来……一只蝉从树上掉了下来……"她活着，却已不是为了脑子活着了。

写于 1994 年 12 月 8 日

轮廓

# 1

黄昏,并且是个寒冷的冬天。有风,有消散的夕阳和掠过房梁的鸽群,门前的那棵泡桐早已树叶落尽,地上有卷起的尘土。天空呢?氤氲而凝重,压得很低,仿佛一跳便够到似的。然后那些鸽子纷纷降落在屋脊上,咕咕啁啭不停。它们的巢就是对面那只老虎天窗改成的鸽棚。此刻,远方那蓝色鸢尾花般飘移的暮霭在庄嫘眼中漫漶融化,如同目睹的是湖面上一片放大的迷雾。庄嫘睡意朦胧,整个下午她躺在床上辗转难眠。现在,她站在门口,显得慵困不堪。她站着,眺望着远方,用双手掩住面孔,使劲搓揉几下,她觉得脸上那层轻纱样的东西被掀开了。她继续站了一会儿,随后回转身。她反手带上门的一瞬,突然停住了。她看见泡桐树后面有一道黑影闪过。随即走出一个穿青灰色棉衣的瘸腿男人,一跷一拐走着。庄嫘不止一次见到过他,这次是在门缝中,而非前几次偶然地擦肩而过。那是一张清癯苍白的脸,照例应当有一副眼镜架在鼻梁上,但是没有,却并不因此削减他的斯文与诚恳。他对着庄嫘微笑,笑容落寞。他把下腭缩进颈子,看人的模样迟迟疑疑,饱含着深深的忧郁。他很快把眼光挪开了,仿佛再多看一下就会泪水泉涌。对此,庄嫘感到的不单是纳闷。实际上，她几乎萌动了恻隐之心。她奇怪极了，似乎干了一件本该避免的错事。然而很快她战胜了自己——男人肮脏卑鄙，不应报以怜悯——这样想着，她慢慢从他身边踱了过去。没走出几步，她突然一笑，却想抱头痛哭。是的，往事如烟，她已不愿再回忆过去。过去于她只是一条永不返来的河，流走了，剩下的只是一些枯萎的毫无意义的浮萍。她静静地偎在树干上，捻动一根小草，目光呆滞，脑海中空荡荡的，像是走了神。这个冬天，一层箔片般的薄冰覆盖水面，那个垂钓的老人也已很久没再来了。是的，水在冰下潺潺流过，谁发现了季节嬗替？庄嫘捋了捋额前挂下来的发丝，感到脸绷得厉害。可能长年脂粉不断，原先光滑的面孔现出了一条条浅浅的褶痕。她才二十一岁，却已死期临近。她眼睛眍陷，望着彼岸黑黝黝的树影和篱墙，突地打了个哆嗦。虽然她清楚自己的隐居是为了无声无息地迎候死亡，可当她清晰地想到这一点，不禁惊恐地张大了嘴巴。两个月前她离开喧哗的城市，在郊外借了一间小屋。房东韩嫂是个沉默寡言的农家妇女，有一天突然发起疯来。庄嫘猜测她发病的根源不会仅仅是因为那个猝然出现的瘸子，其中必定潜伏着一段遥远的隐情。不管怎样，这件事对庄嫘来说总是一个可怕的谜。现在，那些鸽子扑棱棱飞腾起来，它们的主人就是那个叫小刚的男孩，韩嫂八岁的儿子。他的长相如此酷肖他的母亲，一样的长圆脸，一样微黑的皮肤。只是那双大眼睛十分闪亮精神，不似他母亲那般黯淡无光。小刚是个懂事本分的孩子。学龄早到了，他不能像别的孩子那样去学校念书。为了生活，还得起早摸黑尾随在母亲身后到田里干活。他们吃自家种出来的蔬菜，多余的拿到集市上卖，换来的钱再添些日常所需。从前个月起，他们多了份额外收入，用一间积尘不用的小屋每月换三十块房钱。屋内灯光昏暗，犹如一握黑纸屑。庄嫘刚在板凳上坐稳，就听见了韩嫂歇斯底里的尖叫声。她方才抵上门时便预料到韩嫂又将发作，尽管有了心理准备，她的心仍旧不可遏止地狂跳起来。她按住胸口，努力使自己趋于平静，她侧耳倾听，发现在这叫声中还掺杂了鸟类拍打翅膀的声音，她阖上眼睑，恍惚看见一群受惊的鸽子正四散飞离。

突然，外面响起了连绵如鼓的敲门声，糅合着一个男孩的哭喊，是小刚。庄嫘慌忙站起来，那一霎她站立不稳，一个趔趄险些跌倒。匆忙中她伸出手去，掌心触及了墙面，同时听到一声男人的惨叫传来。她大吃一惊，奔过去开门。她看见了小刚，那是一张哭红眼睛的小脸，表情饱含着恐惧和悲伤。怎么啦小刚？小刚胸脯急剧起伏，由于过分喘息的缘故而说不出话，嘴唇翕动着，就像有一根羽毛卷曲在牙齿之间。怎么啦小刚？到底怎么啦？小刚的泪水夺眶而出。我妈妈要拿刀杀人。庄嫘惊呆了，愣愣地盯着对面小刚家的门。那扇门半掩着，淌出一缕青黄色的虚线，被屋檐投下的阴影划出几排歪斜的条横。月亮出来了，皎洁的光辉洒向地面，把庄嫘的背影拉得很长。她现在出了门，跟在小刚身后小跑。屋外寒意袭人，庄嫘禁不住发起抖来。她抿着唇，紧咬着牙关，似乎只有这样才能制止发抖从衣服的襞纹中显示出来。这时她不经意地抬起头，她没看见那些鸽子。在冰封料峭的严冬，头上是阴霾广袤的天空，脚下是干硬冻僵的泥地。她根本没勇气去推开那扇门，也没勇气去回想那个赤裸的女人，但鲜血与呻吟有如潮汐骤然涌至。庄嫘吓坏了。她站在那儿，看见小刚推开了门。她站在那儿，面临一幕惨景。这种情境借助某个虚幻的梦境而变得真实。有人在梦中徘徊，有人已经醒转。正因为置身于这块血腥之地，她觉得自己也变成了一个可怕的女人。那个梦经常在阒寂无声的黑夜纠缠她——一个光秃秃的女人朝她走来，身上的器官纷纷坠落，就像一架拆散的机器，地上满是零零碎碎扭曲的肢体。一条手臂忙不迭地将它们捡起，一件件往身上安装。那些连接关节的地方忽然冒出鲜血，顺着胳膊蜿蜒而下。接着天空突降暴雨，雨中的女人开始腐烂，渐渐化成一摊积水，被冲刷得干干净净——庄嫘眼睛一眨不眨，虽然噩梦稍纵即逝，惊悸却远远没有平息。不知何时她已站在屋子中间，与瘸腿男人保持一段谨慎的距离。沉默的时候只听到风声隐约，瘸子匍匐在地，一只手护住受伤的头颅，另一只手攀着通往鸽棚的竹梯。庄嫘欲上前搀扶他，他摇摇头，用微笑拒绝了。然后扶住墙，艰难地向前移。没捱到门口便支持不住，左腿折叠，右腿弯曲着在门槛边沿。他的手自始至终放在额上，掩住的伤处渗出一块血渍，被叉开的手指分解成几片薄薄的红光。他瞟着庄嫘，那是一双悲切的眼睛，含着依稀可辨的笑容，比刚才多出了一丝苦涩的自嘲。庄嫘苦笑了，那是种特殊的苦笑。她掉头向身旁瞥去。她没看见小刚，她以为小刚一直在水缸背后陪他母亲。他母亲蜷缩在阴冷的犄角里，行凶的菜刀扔弃一边。她似醒非醒，只是遏止不住冷笑，这笑是怖人的，但淋漓的血更令庄嫘产生目眩。此刻笑声已不在屋内，它飘荡户外，渐渐远离。屋子的后门洞开着，一对相偎相依的背影在茫茫夜色中隐匿。韩嫂再没回来，小刚也走了。

庄嫘或许已适应血的颜色，只存一个念头，挽救这个男人。她手忙脚乱扶起瘸子，瘸子无力的臂膀耷拉在她胸前。她足踝灌铅，身体不断下沉，十米之遥的间距起码走了一百步。在最后迈进门槛的一刹那，她发现脚下升起了一种从未有过的轻盈，她摔倒了，几乎与背上那个男人一同昏厥过去。瞬间他们又一同苏醒，她感到身上的负担在寻觅某个支点，他可能摸到一只小板凳，也许干脆将手按在地上，凭借残余的臂力支撑起身体。他果然获得了成功，实际上更确切地说他是从女人纤弱的背上滑了下来，迅速得恍如在逃避某个卑鄙的仪式。一粒脱落的纽扣飞快地滚出去，毋庸置疑，这个细微的响动证实了他希望的破碎，他痴痴依恋的女人用菜刀劈断了往事与现实之间的桥。他深爱着的女人他找到了她，千里迢迢，耗失的不单是光阴和毅力。他一度以为流逝的韶华岁月为自己的艰苦巡寻提供了充足理由，从得到叶子确切住址的那一刻起，他决定为自己漫长的漂泊生涯圈上句号。但他仅仅见了她第一面，便立刻将她从记忆中抹去了，干干净净，彻底从根深蒂固的记忆中剔除。这难道就是从前那个端庄秀丽的叶子么？仅仅几秒钟，他完成了转换两张截然不同的脸的过程：一张甜蜜动人，一张丑陋恐怖。一下子，他在残酷的命运面前屈服了。叶子疯了。这个打击是真切的，他恼火自己对生活所做的徒劳的抗争。叶子疯了，这意味自己还将继续漂泊。一生一世，浪迹天涯。然而这念头在经过一夜辗转后，变成一只犹豫的蝴蝶飞跑了。他暗暗吃惊，次日清晨又会站在已被自己否定了的现实之前，这次他看见了此刻正跌倒在一旁的这个姑娘。他在泡桐树下搓着手，试图通过手掌的摩擦来抵御寒冷。一声猫叫吓着了他。回眸瞥去，果然有两颗闪烁的瞳仁在旮旯里莹莹发绿。他就势下蹲，手依旧搓着，并没有真正去捡石子的意思。猫却果然上当，怪叫着往深暗处逃窜。那么一丝得意倏忽从他脸上过去了。此刻，曦色初露，月亮尚未开始隐褪，天地灰蒙蒙的，将村野裹紧在干涩肃杀的冷风中，宛如被蛛网罩笼的老妪的一张脸。叶子家的那扇窗在他来之前就已透亮，昏昏黄黄在玻璃上镀了层沙子般的光芒。这时忽然熄了。他急忙往泡桐后面一躲，很长时间不见门开。他踌躇了一下，偷偷猫过去，矮下身贴住窗户。一个男孩的声音，妈你头上滚烫滚烫的，今天别去田里了。你躺着，我一个人去。等一会儿等天亮了，我再到王大夫家讨几粒药片，你等着。接着响起一个嗫嚅含混的女声，小刚，你别去。这么大冷的天，别去麻烦人家，不是什么大不了的病，喝点开水就压下去了，不碍什么事。要不，等天大亮了，你到田里去逛一圈，瞧瞧菜冻坏没有。男孩嗯了一声，没再言语。是叶子病了，他听完后一屁股坐在地上，弄响了一片碎瓦。屋里男孩在说，妈你听，像有声音呢。女人说，野猫吧。他鼻子一酸，缓缓爬起来，缓缓往回走，一跷一拐的，悲壮得像个赴刑的英雄。他把领子竖起，紧贴面庞，使两腮显得十分消瘦。走出去没几步，一首乐曲从背后传来。他不知道这是什么曲子，但那旋律让他感动不已，那舒缓悠远的旋律仿佛在讲述一个伤心人的往事。是的，他如此坚决，借着月光潜出村子，义无反顾，离开了生养他的家园，只是为了那句话。林中他听到叶子对木匠说，你要像他一样待我多好，木匠说那你为何不嫁给他呢？叶子哭了，总有一天我会嫁给他的。他听着，禁不住热泪夺眶而出。叶子后来还是跟着木匠跑了，这句话却刻骨铭心地印入了他的脑海。他的失败只是因为一条残疾的腿么？他如此坚决，我一定要找到叶子。他发誓用这条瘸腿走遍天涯，为痴情付出毕生的代价。他开始了漂泊，风餐露宿，挟带着雨伞和希望。他风尘仆仆，耳畔回荡叶子抽噎的声音，总有一天我会嫁给他的。他自言自语，谁说这不值得？为了爱，哪怕鬓发俱白。曾经在路上他遇见过神似叶子的少女，其中有一个举手投足一颦一笑与叶子一模一样。他跟着她走了很久,直到她进了一所中学的校门。他不得不承认,这些偶然的邂逅确实在一段时间内弄得他神情恍惚,信心倍增,加快了赶路的脚步。就在昨天傍晚,他在一位热心人的指点下终于找到了叶子的住所。当他用略带沙哑的颤抖的嗓音呼唤她的时候,当那个正在井边垂首淘米的农妇慢慢回过头来的时候,他怎么会相信自己的眼睛呢,又怎么愿意相信这就是他所梦寐以求的叶子呢,无论如何,眼前这张丑陋的脸都是难以与记忆中的另一张脸相吻合的,是时间欺骗了他?不,流逝的年华固然可以改变人的容颜,却无非令黑发转白,脊梁伛偻。而在离他不足十步远的地方,真实的叶子那惊愕的表情足以吞噬他战栗的灵魂。那不是一张自然衰老的面孔,却是被凶残地破了相。一把利器划开她的肌肤,摧毁了她的美貌。痛楚使她的脸抽搐变形,殷红的血在伤口里汩汩凝结,将一道深深的沟壑永远驻留在她的右颊上。望着这张脸,他目瞪口呆,只觉有一根绳索勒紧了咽喉,透不过气来。这时可怕的事情发生了,短暂的凝睇之后,叶子突然一笑,突然站起,手中的竹箩一松,米即刻在地上爆炸四溅。她睥之不顾,踩过弹跳的米粒,一步步走来,发出一阵哀嚎的狂笑。他懵了,定在原地锈成了一尊铸像。他看见叶子背后出现了一个男孩,冲上前找抱住叶子的腿。妈你怎么啦?快醒醒醒醒。叶子不笑了,抚摸着男孩的头,开始了语无伦次的谵吃。虽然口齿不清,他却几次听到她说出自己的名字。一下子,无尽的哀伤将他的理智瓦解了。他忍不住走向叶子，任凭那个男孩推搡他，不要你来，是你欺负妈妈的，你走你走再也不要来了。他眼中濡湿了，泪珠潸然串落，忘记后来是如何悲惨地返回村外的那家小旅馆的。他累极了，倒在床上，酥软得如同一摊烂泥，被一丝一缕抽尽了骨髓和意志。一切都不存在了，没有了希冀，没有了憧憬。他诅咒乖舛无情的命运，感到身体的某一部分分离了出去，翱翔在空气中，就像身边这首忧戚的乐曲悠悠如诉。曲子是对面一间漆黑的小瓦房内传出的。他转身时，正巧门扉间探出一张长发半遮的脸，张望了一下左右，跟着一个高高瘦瘦的女人闪晃出来。在这白月渲染的狰狞冷瑟的拂晓中宛若一棵不敌朔风的芦苇，轻盈地飘动。昏沉中看不真切她的五官，月色冥冥中，她无疑是个令人毛骨悚然的幽灵似的人物。他慌忙去拭方才眼角溢出的泪，这时音乐终止了，屋里又走出个男人，反手带上门，很快超到那女人前面去。风把他头颈上的白围巾吹开，包住了他的脸和一只耳朵。那女人跟着他，无精打采的样子，拉扯着身上一件不太熨帖的嫩绿色毛衣，一扭腰，几乎使披在肩头的外衣滑下。显然他们未料到这么早会撞见陌生人，看到他时毫无防备，齐齐一惊一喝，谁？彼此将对方当作了鬼魂而忽略此刻公鸡的第一声啼唱。相视局迫，这对男女首先走开了，沿着河，匆匆过了桥，头也没回。

宋大雨醒来发现自己躺在床上，四周静极了。醒了一会儿，他渐渐感到冷起来，自然，这不是寒风的缘故。风在外面袭击泡桐和瓦片上的灰尘,而这房间不但门窗紧闭,还拉上了厚厚的窗帘。现在该是一天中的什么时辰,破晓白昼桑榆?无人回答。他置身于柔软的棉被覆盖之下,冷意像是从脚心侵入的。他动了动手指,微小的麻木霍地在指尖扩散,那是一道温暖与刺痒并存的麻木。一股电流征服了他,他的头很重,怀疑是缠绕的纱布条的缘故。手一摸,猜测被证实了。他想起了什么,什么呢?有人为他涂上药,包扎停当。一个声音道,幸好不深,没有伤到脑子,不过失血很多,需要好好静养,放心,他不会死的。只有这些,以后就记不清了。他撑住床板,颓然地朝上伸展,头坼裂开来。煎熬中,门外拧锁细微的窸窣声惊动了他。他佯装还在熟睡,眯缝左眼观察。那人抱着一只崭新的布娃娃推门进来,走至窗前,把窗帘拉向了两边。雪白的阳光斜射,在地上形成一面透明的扇子。他眼皮跳得厉害,似乎被一根光线拴住,连忙闭紧了,待逐渐适应了光明,他干脆双眼一起睁开。虽然视线依旧模糊,他还是认出了那个女人。她脱下外衣盖在椅背上,那件嫩绿色的毛衣阻断了他目光的延伸。女人推开窗户,背对着他,头发盘成一个团髻,静静摩挲着怀里的布娃娃。阳光下失了主人的鸽子贴地而飞,凄凄哸喙。她面色蜡黄,修长的手指在布娃娃上优美地滑过,用指尖一遍遍梳理那几簇绒线编结成的粗糙而柔滑的粉红色小辫,接着漫不经心地将两颗瓷眼珠抠挖出来,抛向窗外,举起瞎了的布娃娃审视着。冷不防背后有人叫她,明知是床上受伤的那个男人,仍一激灵。麻烦您给我一杯水好么？热水瓶是空的。庄嫘举起来摇了摇，只有水垢散碎的沙砾声。她随手把布娃娃扔在椅子上，披上外衣出了门。过桥不足半里远，有一家兼卖热水的茶馆，原本十分钟就能走到，庄嫘却走得很慢。心里守着心思，人也变得警觉，半途总感到有怪异的眼光回顾她，就更加惶遽。前面那间门板上钉着桐油小木牌的老宅是王大夫家的诊所，她故意折回去，从一爿香烟店后面的小径绕过去。这样花了平常足够往返的时间才走到茶馆，伙计认得她，老远就热情地打招呼。她嘴角一动算是答应了，走近了伙计压低声调说，你衣服反穿了。她方明白路上那些眼神原来只是这么个简单的意思。一边把热水瓶交给伙计，一边反手揭下外衣穿好，暗暗同情自己被死亡的绳索牵累而丧失了注意力——那种即将被尘世摒弃的毁灭感重又袭来，她知道自己不能再承受一次类似的昏厥——她刚才怀抱布娃娃走在河边，太阳很好，分裂的冰在河面上粼粼闪烁，反射出五彩的变幻莫测的折光，仿佛牺牲的草坪或者漂流的岛屿。她突然眼前一黑，幸好旁边有棵树，她靠上去便什么也不知道了。苏醒时一个男孩看着她，她咬了咬舌尖，痛意告诉她死神又一次宽恕了她。但这宽恕只是一次紧迫的提醒，她疲惫地朝男孩笑了笑，男孩跑了。她想到了母亲，想到不久自己也会因患与母亲同样的病而死去。她掸去灰尘把相片放入镜框，泪水在眼中打转。一朵黑绢花象征一次生命的终结，照片上的微笑是年轻的，躲闪着腼腆与羞怯。母亲死于血癌，那年她才十四岁。在她刚刚萌生记忆的童年她就没有了父亲，虽然母亲一直拒绝回答关于父亲的所有提问，她对父亲仍保留着谨小慎微的记忆和想象。那人已经死了。有时母亲咬牙切齿地这样回答她，但她觉察出母亲在欺骗她。那怨毒的眼神稍纵即逝，在她幼小的心灵里埋下悲伤的种子。有一次她偶尔在箱子的夹缝内发现了一张相片，已经很旧了，边角卷起，表面还有黄褐色的霉斑。她知道上面这个男人就是父亲，她把相片揩拭干净，藏在贴身的衣服里，以为找到了亲人。母亲的病渐入膏肓，家中再没有可供出卖的东西了。那天晚上她出了家门，她看见码头旁几个女人正无精打采地踅来踅去。她便仿效她们的姿势，双臂交拢在胸前，一扭一扭地踱躞徘徊。果然，有个浑身酒气的男人踱到她身旁，搂着她拐过几条小巷，在一间邋遢凌乱的小阁楼里占有了她。那急促的喘息声几乎压碎她虚弱的身躯，她还没看清那人的面孔便被塞了两张十元的钞票打发出门。当她拖着沉重的步伐回到家中，母亲已经被病魔折磨得奄奄一息了。她并不懊悔用女人诚实的鲜血去注定无望地跟死神争夺母亲。有些东西比贞操还要宝贵。她也不愿去回想那个失去童贞的夜晚，她把自己看成一个纯洁无辜的少女，虽然失身却依然白璧无瑕。但有一天，当她得知夺去她贞操的竟是自己的生身父亲时，她呕吐了。随后她心甘情愿地成了阑珊街灯下一个靠卖笑为生的放荡的女人，像一只妖娆的夜莺在街头巷尾嘤嘤而栖。假设在那种时刻的那种地方，每个匆匆路过的男人都可能遇见她。面对引诱，他们中的绝大部分都摇摇头离开了。也会有人留下来跟随她，在一条弄堂深处的一间小屋前停下。庄嫘掏着钥匙，她家里已经有好多布娃娃了，马上又会多一个。她找到了钥匙，慢慢将它插进锁孔。有一天，那是母亲死去的第四天晚上，她在方桌上为母亲布置了一个简易的灵坛，一只装殓骨灰的小木匣、一束香、两支素烛。母亲的微笑在烛光中徐徐开放。她磕了几个头，她哭了，哆嗦着双肩，又去磕头。她听到了敲门声，她去开门，外面站着个黑色的男人，直勾勾盯住她说，我认识你。他嘶哑的声音犹如一块扯碎的布，在惝恍之夜如此阴森恐怖。可怜的小女孩不知所措，觳觫不止，你是谁？你要干什么？那人突然跪下，手在口袋内摸索。将一张照片撕开扔在地上，厉声叫道，我真的眼睛该瞎。便狂奔而去，他正是照片上的男人，庄嫘看见他，他坐在茶馆里，眼睛果真瞎了。眉下凹出两个深深的泥淖似的窟窿，他垂垂老矣，而且一眼可以看出那是一夜间迅速生成的衰老：皮肤还来不及布满细细的皱纹，头发已白如积雪。他捧茶壶的手在抖，瘦骨嶙峋的五指留有宽宽的空隙，一朵难掩的梅花在其间凋零——伙计很快步出灶房，把注满的热水瓶递给庄嫘，毫不留意这个女人突兀变化的表情。庄嫘将一枚手中温热的硬币付给伙计，从瞎子脸上移开目光，去看对面墙上一座红木自鸣钟，菱形的指针正渐渐逼近正点。瞎了似在聆听，手抖得几乎把持不住茶壶。钟摆终于开始撞击。清脆响亮的金属的当当声在屋内萦回。瞎子站起来，拄着拐杖出了茶馆。他从庄嫘身边走过，庄嫘闻出他呼吸中一股类似枯草的气息，她跟在瞎子后面，走在一条石子小路上，和这条路一起进入村外那片茂密的槐树林。且慢，之后不久将有个老人背着钓竿领着心爱的猎犬黑雪从树林的那一头踽踽走来。

# 0

老人神采奕奕，以往眼膜上一层云翳般的愁绪消失了。他走得不快，但脚步轻捷从容，他哼起当年开挖运河时流行的一首歌谣。光阴荏苒，他差不多遗忘了全部歌词，依稀记得那是在讲述一个年轻男子向心上人昭示心襟的故事。曾经耳熟能详的旋律，而今只能断断续续哼出一些片断。这些片断宛若伸向昨天的长长触角，勾起他对往事的缅怀。他看见蝴蝶站在门口，穿着溺水那天的衣服，除了鞋面上一片透明的鱼鳞，根本没有鬼魂出窍的痕迹。蝴蝶笑盈盈地说，我回来了，你还认识我么？他说我无时无刻不在思念着你，你回来了，我老了，你还年轻。蝴蝶说，明天是个好天，太阳当空的时候，我将归来。说罢蓦地缩成一截白影隐遁了，他方知是黄粱一梦，却依然深信不疑。太阳照上头顶，他带着黑雪出了门。去河边必须穿过一片槐树林，它现在像一块邮票上烦恼的墨迹在视野中暴露。老人走着，黑雪从后面赶上来，摇着尾巴，头颈项圈上的铜铃一路上铿锵直响。到了树林旁,它并不进去,只在树荫下溜达,有时回眸几声,催促着主人。黑雪是一条通人性的狗,通体墨黑,额上堆积着一块醒目的白色,这是它名字的来由。这狗真精神,它叫什么?那个又高又瘦的女人问。狗蹲在荒芜的河岸边,老人抚摸着它。它没有名字,我平时用口哨召唤它。老人凝视着水面,钓竿上的引线正微微飘摇。气温很低,好在风不大,没有彻骨的冷意。老人总在每年冬天降临时来到河边,他选择了离桥不远的一块大石作为垂钓的港口。这笨重的大石一头翘起,另一头是个斜坡,水流从此经过形成一处小小的漩涡,使人感觉它像一艘凌空的船舶。老人携带一只腿上绑着细带子的小木凳,把一条毯子放上膝盖御寒。他和狗说话,描绘着蝴蝶的善良与美丽,感叹过去的好时光永不再来。狗静卧一旁,听着,眼睛里很郁悒。多少年来老人未能钓到一条鱼。他不在钓鱼,这是引线上的一个秘密。线上系着的不是弯曲的鱼钩,而是女人的一只发簪。它是蝴蝶留下的唯一遗物,也是呼唤蝴蝶的最好语言。老人的厚嘴唇边浮现出憨厚的笑容,虔诚地望着河水以及河面上斑驳的树影。可这么漂亮的狗应该有个好名字,叫它黑雪吧?黑黑的,头上还有白白的像雪一样好看的毛。两个月前的一天中午,这个给狗起名字的女人背着鼓鼓囊囊的麻布包,拖着一只很大的有轮盘的皮箱沿着河畔走来,仿佛一只孤独的长途迁徙的鹭鸟,萎靡无力地走着。由于瘦,她的颧骨显得很高。她皮肤很白,穿了件旧夹克,一根白围巾一直围到鼻翼上方,织满血丝的眼睛里，涣散着某种蛊惑人心的迷茫。走近了，她离开了河岸，向十几米外的一间小瓦房走去。老人乜斜着她，装束和肤色诠释她来自城市。老人想起这几天对面那个脸上有刀疤的农妇忙不迭从小瓦房里搬走东西，无疑是在腾出房子，而那个男孩始终影子般跟在农妇身后。男孩经常躲在墙根底下看他钓鱼，男孩一定以为他在钓鱼。老人发现男孩的目光那么拘谨并且充满了疑问，他好几次试图和男孩说话，但每当张口叫他，男孩就一溜烟跑了。现在，女人站在小瓦房前的泡桐下，老人揣测她准是农妇的房客。正要掉回头去，突然看见停栖在井口边缘的一只麻雀飞起，到了半空又疾速往下俯冲，贴着女人的额角一头撞在树干上，抽搐了几下死了。那个女人端详了好一会儿，冷不丁别过头，老人眼锋来不及让开，两人面面相觑，不知道这只麻雀蹊跷的死到底预示了什么。然而现在，首先要弄清黑雪为什么会骤然间狂吠起来。跟着它，老人进了树林，树林笼罩在阳光之下。一条石子小路将它狭长地分割，天空被纵横交错的桠杈制作成各式各样光怪陆离的形状，数不尽的亮点如同喷泉飞溅的水珠在枝条上频频闪耀。地上积压着很厚一层土褐色的落叶，阳光像浸没油脂的纸在上面渗透，在怪兽般盘踞的石头上延绵。黑雪跑得极快，恍若树影间一掠而过的翅膀。老人开始喘息，脚下却有一股拉力牵住。原来是奔跑的过程中引线荡离了钓竿，挂到枝条上缠住了。老人不得不停下来去解，一边吹起口哨让黑雪等他，黑雪只是稍一顿足，马上又向前奔去。所经之处树叶声沙沙作响，那声音和针尖般破灭的阳光俨如童话中稻草人的麦田此起彼伏。那些树枝上悬挂的死蛇一样的藤蔓，那些乌鸦的聒噪以及远处黑黝黝的树的屏障包围了林中一小块三角形空地。老人赶到了，站在枝柯微颤的林荫下直喘。他刚才取下引线已不见黑雪。他边叫边找。又怕迷路，又怕不提防被裸露在外的树根绊倒，还怕引线再次飘出去。他步子明显放缓了，这其中另一个重要原因可能缘于他起先入林时跑得过猛而引起虚脱。他毕竟老了，难免体力不支。是的，老是那样的不可抗拒，谁能重新获得矫健强壮的体魄？只有回忆，只有窈然无际的回忆还依旧保持年轻。他老了，从那些不知名的蕨藓类植物底部升起的溷浊的气味他身上也有。一根枯树枝横在眼前，他看见了黑雪，它正从对面一片树林中退出，似乎遭受了某种惊吓，鼻腔里拖着胆怯的呜咽。它退到三角地中间，对着树林汪汪大叫。太阳当空，风中飘忽不定的阳光在它身上一晃一晃，像一张颜色很深的树叶转瞬变浅。冬天谲诡绮迷的阳光跂行在犬牙纠葛的荆棘丛上，粉碎成无数金黄色的颗粒令人对闪烁池塘浮想联翩。老人向前张望，到底是什么原因使黑雪如此畏葸？他准备去林中探个究竟。他向前走去，吹了声口哨，黑雪听见主人呼唤，不叫了，转身奔到主人身后。老人裤脚被黑雪咬住，黑雪乞求地看着他，獠牙露在外边。这更激起老人的好奇心。他撑开黑雪，不顾它的劝阻，决然向前。黑雪尾随在他身后，到了林边，老人将钓竿搁在地上，潜入了林中。这是一片真正的槐树林,清一色不见一株杂树。往内愈来愈密,也黑起来,仿佛一面缩小一面关闭的门。老人突然站住了,一条黑影竖在眼前。老人定神去看,不禁猛吸冷气,吓得往后一退。那根斜伸的粗枝丫上悬着一个人,双足离地,一块显然是用来踮脚的石头被蹬开。一根细麻绳打成结套紧了脖子。死者浑身湿涔涔的,皮肤上布满锈红色的指甲抓痕,颞颥边淌下黏糊糊的鱼胶状的东西。老人仰望着树梢上移动的苍穹,一群鸽子凌乱地飞过。他看着尸体,鼓足勇气去解那根细麻绳,人虽死,也不该长留树上。他想。他触到死人时手指微微发抖,偏着头坚持把结松开。尸体霍地下沉,面孔冲下趴在地上,形同剔去骨刺的鱼。老人用落叶去掩埋它,枯萎的落叶在手中转变成碎裂之声。他瞥见黑雪走进树丛,出来时嘴里叼了一只没有瓶塞的热水瓶,是乡间常见的竹质外壳的那种。老人盯视它,很长时间,视线也花了。他晃了晃脑袋,直起腰,忽然感到恐惧,感到周围的树会连根崩塌,把他埋葬掉。他心跳得很快,从来没有这么快过。一种不祥的不可避免的危险感向他逼近。他往外退去,在林边捡起钓竿,趋步趱过那块三角形空地,再穿越对面的树林。他又来到那条石子小路上,黑雪彳亍在后,叼着热水瓶。此时远方有纷乱的脚步声传来,老人面如纸灰。阳光、云朵和光秃秃的树冠在头顶覆盖,他眼中却只有尘土。一群人由远而近,是一支年轻的队伍。捎着铲,扛着铁锹,边走边唱,不是情歌。

## 2

现在,风灌入窗,薄寒与晖,弥弥漫漫。宋大雨将被角掖进脖颈,飕飕冷意却防不胜防。他卷成一弯龙虾,身体囫囵埋入被中,但丝毫不起作用。被子越来越显得单薄,里边的棉絮一袅袅变成烟飘逝了似的。他撑持不住探出头,头上的创伤漏出极细极深的裂缝,疼得剜心。探手去摸,纱布有如城墙上匝匝的墙砖。他腮帮火烫火烫,掀开被子,床单上腾起一股热气。一激灵,汗毛都竖起来,接连打了三四个喷嚏,满目金辉乱舞。他穿着贴身棉衣棉裤,两件绒线衫,一条旧灯芯绒裤和那件青灰色棉衣叠放在枕头边,折得很好。在床下他看见了自己的黑棉鞋,他去关窗,头那么重,仿佛一只大锤在里面晃来晃去。他身子前倾,手指张开着,臂膀僵硬地伸直,像在摸索黑暗中的出口。到了窗前,他急急地关上窗户,就势趴在窗沿上,平静了一会儿。他觉得胸口的腌臜之气慢慢沉淀了下去,他调过身来,准备重回床榻。眼前的一幕却令他吃了一惊,整整一面墙壁被布娃娃占据,大大小小,居然有上百只,用线引在墙壁顶端的一长排铁钉上。每只脸上都遭到过人为的伤害,没有眼睛和表情,软绵绵的填充物从破洞里钻出,这景象真是使人匪夷所思。宋大雨回到床上,他面色苍白,似乎神气散尽的沉疴老人。他无所事事地去摸一只布娃娃,没有够着,他胳膊弯曲着,白垩垩的阳光在墙上放大出一个圆圈,在他看来,他的手臂被折断了,中间一段模糊发白而神秘失踪,五根手指在另一端弧握成提缰的手势。阳光照在棉被上,臂膀才得以蜕出,暖洋洋的阳光舔舐它。他呆呆地看着,谵妄中一只小手伸过来,非常柔软非常小,温泉般流过他的手背。大雨哥哥,一个奶声奶气的女孩叫他。女孩睫毛上蘸着泪花,泚泚扑闪。大雨哥哥,让我瞧瞧你的腿好么?他一愣,连忙摇头,却看见女孩的泪水叭嗒叭嗒掉在胸前。他帮她去擦,难过地说,叶子,我们以后不能一起玩了。他把被单揭开,让女孩看他的腿,这条腿昨天还蹦蹦跳跳,现在却绑在绷带里,渗出的血在绷带表面结成一块块铜钱状的紫痂。他问叶子怕么。叶子点点头,哇地大哭,不怕不怕,假的唬人呢。那年宋大雨四岁,叶子两岁。对于整个宋村来说,这个男孩的不慎失足只是那个劫数难逃的夏天里的小小必然。那年开春农耕时有人锄死了田埂旁一条游弋的蛇,数月后一个红日西沉的夏季黄昏,那个正在柳下饮酒哂笑的凶手突然腹痛如绞席地打起滚来,声称天上有条龙把头探出云海,口吐白光吸住他,他快要飞上天去了。这人当晚真的双足乱蹬死了。显而易见,在悾侗蒙昧的乡村,这种事很方便被染上一层宿命的色彩。一位白髯飘拂的耄耋老者坐在萋萋草丛间指点着迷津,四周蜜蜂逍遥嗡嗡如织。据说他是清末的举人,是当地一对贫穷的养蜂夫妇的儿子。在有皇帝的年头他还是少年,自幼聪颖刻苦,很年轻就考上秀才,后来中了举却逢清朝灭亡。他满怀凄恻，从此弃了书簏，也以养蜂谋生，但终究是饱学在身，是方圆数百里多少年来唯一的一个举子。他正襟危坐，不苟言笑，带着封建文人的轻蔑的表情，这一刻却骇然色变。惊呼无救无救。马上意识到失态，急用咳嗽掩饰。清着喉咙，拈住一绺胡须，恢复学究的儒雅，用从容自如的口吻说道，天界半日，人间星移。那被锄死之蛇本是蟠龙化身，无故遭难，阴魂自然怨忿。那凶手自是报应，唯恐连村子也会被株连，有倾族之灾呀。闻者无不扼腕而哭，又听老人吟道：昨日生孽缘，今朝我偿还，只怨难化蛇，祸殃何以堪？果然此后村中祸事不断。先有邻村人捎来一对在外行商的兄弟遭图财劫杀的噩耗，不久那位养蜂人由于误食一种有毒的蜂蜜而大病不起，接下来甚至还发生了女儿谋害亲生父母的忤逆不道的惨剧。此类事件次第而至，直到秋天才渐渐敛息。毋庸置疑，这一系列打击从根本上扰乱了村中的日常秩序，令人意志瘫痪，脸上尽是绝望而肃穆的神情。这里有一个镶嵌在夏季里的无关紧要的日子——一个阳光融融的下午，宋大雨和叶子在隔壁阿婆身边坐着。阿婆一边舂米一边讲着昨晚没说完的鬼故事，讲到精彩吓人的地方，两个小孩捂住双耳怪叫起来，然后互相做鬼脸咯咯大笑。有时宋大雨偷偷瞄一眼叶子，看见天真烂漫的笑容恍若桃花从这个小女孩脸腮旁坠下。有时叶子笑弯了腰，他竟会像观赏一件陌生风景似的默然长觑，他暗暗吃惊，不明白一个人的笑怎么会这样好看。碰到叶子抬头，他又漫不经心让眼光移开，把头转向阿婆，似乎在询问故事的延续：狐仙走了么？牡丹花会否还魂？阿婆浅笑不语，好像已经说完。她放下手里的活，将舂棒斜撂在石臼内，双手在围裙上擦过，站起身走进屋里去。再出来时拿了柄扫帚，要去清除地上的米粉和谷壳。还未扫，刚巧有一群人从门前经过。这群人自村子中心聚拥而来，喧嚣声如同晃动的旗幡由此及彼。为首的是两位德高望重的前辈，后面尾从着至少七八十个年轻人，都是双唇紧闭，咬肌显突，凶神恶煞的样子。他们大步流星涌向村外，一旁的老少三人目瞪瞪望着这帮人在远处消失。小孩子当然不明白这是一支捉拿私奔者的队伍。就是这天黄昏，宋大雨为了捕捉知了攀上一棵苹果树，扯断了一根新抽芽的嫩枝摔下了地，他腾空时听见树下叶子的尖声厉叫，他重重摔下，昏死过去。他不知道那支追捕的队伍在一天徒劳的奔波之后已疲乏地返回。他们站在村口回首远望，个个悒悒不济无可奈何，与出发时比较判若天渊。两位领头的老人更是像大病了一场，脸上的血色都消散了，队伍也松开成三三两两的形状，也有人存着不甘之心蹙眉回视。村里一个黄花闺女跟着一个外来的木匠跑了。此后很长的阶段，这个不断被抹上调料的私奔事件无疑成了井边妇女们最爱咀嚼的一张面饼。宋大雨却怎能预知到十九年后他的命运会被这桩邈远往事的阴影所淹没呢。四周岑寂，他穿行在黑暗中，对他来说，难违的命运是黑暗中一堵无法越过的墙，漫长的巡寻生涯则是对这堵墙的枉然的冒犯。他精疲力竭，除了嘶哑的咳嗽和苦笑，他能做什么。他仿佛生来除了痛苦，根本就一无所有的一罐呼吸。他大声呼喊，出现在阳光下，阳光是个假象，一丝也体验不到温馨与暖热，命运谁能操纵？就像一碗起伏的水，平静的时候也会摆动。那是个孩子，算来十八九岁，是个长着幼稚圆脸的高个头男孩，背着一只盛着锯刨的木箱。他是个木匠，也是个木匠，踩着雨后软湿的泥浆步入村子，裤腿溅满了污泥。事实上，在此之前，宋大雨已经触觉到他与叶子间正在形成的一道隔阂。叶子开始躲避他，会远远垂头走开，会装作没有听到叫唤飞步奔回家中。这显而易见的变化令宋大雨无比悲伤却无计可施。他曾尝试寻求一次与叶子倾吐的机会，但闪躲的叶子令他沮丧并最终消失了信心。他明白是一条腿摔断了他一生的幸福，使一切都不再成为可能。儿时的一次调皮应验了一失足成千古恨这条古训。每次从河边经过，他总能从水中倒映出来的那具一跷一拐的身影上看出自己被冷落的奥秘。有一次他经过村里的一座石桥，无意中瞧见正在青石板上搓衣的叶子。他扶着石栏杆，凭栏凝望了很长时间，差不多控制不住要叫叶子。但他止住了，他在叶子发现他之前离开了石桥。他知道这次他没能叫出口那么以后也很难叫出来了。他离开前最后一次用孩提时代纯朴的目光投下一瞥，他看见叶子玲珑丰腴的身姿留在河面上，像一朵水中诞生的莲花。然后他下了桥，顺着河堤朝另一个方向快步走去，在耗尽力气后才喘喘站住。他看着河水，他仇恨水中丑陋的形象，他用一块石子将水中的自己砸得支离破碎。

他开始躲避叶子,直到那个圆脸男孩来到村子。他是个木匠,这个年轻的木匠是在一个阴雨季节背着工具箱拿着一把油布伞走进村子的,他的蓬勃朝气和坦率的表情很快赢得了村里人的好感,甚至有个老人没收一分钱房租就借给了他一间小屋。他在村里住下来,凭手艺吃饭。他逐渐显露出的一手高超技术,引来了趋之若鹜的主顾。和那些手艺平常依赖利索的嘴皮子谋生的江湖手艺人不同,这个年轻人是个货真价实的木匠。他做出的活表明了他拥有其他平庸木匠所不具备的天禀。他时常在木头交接的空处弄出一些图案,或者在人们不提防的地方安上一只藏钱用的暗屉。这些细节的添加非但未造成视觉上的障碍,相反博得了主顾们的一致欢心。所以这个小木匠的生意始终保持了红红火火。他用勤劳和满面笑容换取了人们赞许的眼神,对他人由衷的夸奖他总回以羞红的脸颊,无疑在大伙心目中这是一个聪明而惹人喜欢的小伙子,这个聪明而惹人喜欢的小伙子在刨花以及锯子与木头的摩擦声中不露声色地勾引了叶子却是无人料及的一个现实。这个男孩在空闲的时候常坐在门口专心致志地刻着一小块月黄色檀香,有人问他你在刻什么呀?他回答,公鸡。那人接着问,刻它干什么?他回答,没什么,闲下来刻着玩的。那人摇摇头笑着走开了。他便埋头继续刻下去,那块檀香在他手中一天天活灵起来,终于变成了一只趾高气扬的公鸡。他将这件作品放上叶子手掌时肃穆地说,别遗失了,这是我的生肖,我的命归它管呢。叶子用一块手帕包起这只公鸡，放进衣袋里，以为收藏了情人的一生。作为报答，她跟着他借着夜色的掩护偷偷溜出了村子。换言之，小木匠靠手艺征服了叶子的心，仅凭一只木头鸡就易如反掌地主宰了另一个男人毕生都将梦魂萦绕的女人。在檀香由木头转变成定情信物的日子里，小木匠身旁始终围着一群孩子。他坐在门口，用雕刻来打发工余剩下的光阴，对过路人的询问回答相同的话，没什么，闲下来刻着玩的。他对这只公鸡的精益求精几乎到了苛求的程度，让人宁愿相信他是在有意无意地卖弄手艺。对每 片羽毛，脚趾上的细鳞还有鸡冠和尾翎在风中微摆的姿态他都摹得惟妙惟肖。在外形完工后，他又一点点把檀香内部掏空，在鸡腹中放置了一只竹哨，使它可以在任何时刻都能吹响类似早晨公鸡打鸣的嘹亮的啼叫。公鸡做成了，那群小孩并不散去，而是瞪大眼睛盯住这件杰作咽着口水。对此小木匠只是狡黠地微笑，在孩子们不住的恳求下，他答应让他们轮流摸一遍公鸡。许诺完成后，他匆匆收回了公鸡并将它塞入怀中。在此后持续的很长的一个阶段里，这只公鸡成了孩子们朝思暮想的梦乡里才能获得的珍贵礼物。梦中的幸运儿经常在临近天亮前突然醒来，慌乱地掀开枕头去寻觅不翼而飞的宝贝。孩子们对这只公鸡的热爱保持了长久的惯性，乃至于在小木匠和叶子私奔的丑闻传开之后，他们中间仍有人冒着被大人训斥的危险，暗地里告诉路过的远客自己曾看见过一只木头做的活公鸡。他们说话时眼睛里一半装着兴奋一半装着失落，他们知道以后将再看不到那只趣味盎然的公鸡。因为公鸡制作者拐走了村里的姑娘，一夜之间，那个青年由一位受人尊敬的巧匠变成了整个宋氏村族都在唾骂的骗子。无疑，这件事使村子再次蒙上了与当年同样的耻辱。面上无光的同宗纷纷把女儿封锁在深闺之中，而且村里开始有礼貌地驱逐外人了。在这期间，另有一部分人对那个小木匠的来历进行了推测，虽然他们知道这些推测本身已毫无价值，但是依旧开动了脑筋。他们一个个显得老谋深算，推测是由两点疑惑组成的，其一小木匠的姓氏究竟是什么？人们的疑惑是，为什么每次问到他名字时小木匠总是笑而不答，我喜欢你们叫我小木匠，这样很好。小木匠总是这样彬彬有礼地打断别人的问话，圆圆的脸上露出孩子气的笑容。他的微笑成了一面甜蜜而彻底的盾牌，使今天的人们无法就他的姓氏提供出精确线索。沉默代表了这道题目的短暂搁浅，大家都陷入了无边的联想之中。有个聪明人在思考的尽头突然茅塞顿开，对此大胆地作出了解答，他果断地将刚才的疑惑与另一个疑惑联系了起来，小木匠是不是当年那个木匠的儿子？我想一定不会错，这人大声说，而且我能断定他也姓韩，因为只有这样才可解释他讳避姓名的理由。那年来的木匠姓韩，小木匠一定是害怕说出和他父亲同样的姓氏后引起村里的警觉才闭口不提的。这个人话音刚落便引来了众口一词的附和，有人一口咬定小木匠是当年那个木匠的儿子，甚至还有人仔细地辨别出了两者间容貌和技艺上的相像之处，为未能早些想到这一点而后悔不已。宋大雨当时也在旁边站着，作为一个倾听者，他自始至终没讲过一句话。但那帮人哓哓不休怒气冲天的情绪显然感染了他，他的脸上呈现出金属般的冷色，那一刻他暗暗下了誓言，一定要找到叶子，哪怕一生漂泊，饱受苦难，白尽了少年头也在所不惜。他返身离开，耳中满是叶子的声音。叶子的脸在模糊中逐渐接近。他躲在树背后，偷乜着前面苦楝树下的那对恋人。是的他逃避着叶子，却只是调换了一种关注的方式。他从未割舍过对叶子的爱情，而是将追求从明处转向暗处，当村里人都还蒙在鼓里的时候，他就从无微不至的盯梢中发现了叶子和小木匠间的秘密。面对这个无法接受的现实，他表现出来的唯有哀怨的叹息，却不对任何人提起。他懂得那么一来便会彻底失去叶子了。他能做的仅是在四周寂无一人的时候去警告那个青年，你该结束了。他的警告实则是变相的乞求，包含的软弱一目了然。小木匠对此显得置若罔闻。什么事应该结束？他问道。他依旧像平日里一样笑笑嘻嘻，目光中是清澈的玛瑙。宋大雨看着他，张着嘴，绝望通过急速的呼吸传递在空气里。两人相持着，当一个鹑衣百结的老妪拄着竹杖朝这儿走来时，宋大雨恨恨走开了。可悲的是宋大雨仍旧不愿将这件事透露出去，他祈望叶子有一天会回心转意，也祈望那个小木匠早日离开村子。他生活在无边无际的等待的山谷里，看到的却是现实与愿望的背道而驰。此时此刻，他藏匿在大树后面，蹲着拨开一些灌木的细枝向前张望。这是一块极好的隐蔽之地，他却显得忐忑不宁，仿佛背上扎满蔑视他的目光,他的罪孽感又出现了。每次跟踪叶子,他都会被这种罪孽感捆绑住。这鬼鬼祟祟的盯梢的勾当,这有悖于他为人准则的与坦荡的品德格格不入的行为他居然乐此不疲。他一步一蹑跟随在叶子身后,活脱像个贼。而正前方的那个姑娘就是他垂涎欲滴的珍宝。他紧随在后,与叶子相隔二十来米距离。他走着,强烈的罪孽感并未能拖延住他前行的脚步。虽然理智分分秒秒在与感情搏斗,不幸的是,每次它都在妒忌面前变得弱不禁风。这个秋天的黄昏,月亮是椭圆的银色池塘,天边外是绛紫色的如狗如马的云块,林子就在前面快到了。宋大雨停下来躲到旁边一个墙根下面,探出半个脑袋,果然叶子在林子前站住了,正回首朝四处看着。他得意地笑了,脸上是防备在先的侥幸的嘲讽,手却按在心口上,他感觉手掌下的那件东西忽然不跳了,而是上升到咽喉堵塞了呼吸,一下子连透气也十分困难。一直待到叶子返身进了林子,他才感觉那件东西从喉咙里跌了下来,但已不是心脏,竟是重重一沉的石头。再探头望去,叶子已走远了。他方才长吁了一口气,把脚尖踮起来。月光之下,他的面孔似乎风中剪纸模模糊糊。他猫腰钻进林中,步子轻得如同柳絮。他找到现在蹲着的地方藏好,苦楝树下的一对情人正相拥相抱。他屏住呼吸,眼光在叶片挤压下只剩几条狭长的罅隙。叶子背着他,扑在小木匠怀里,肩胛像噎食的鸽子不住抽动,小木匠头侧歪着,嘴角卷起一层疲倦。叶子的声音,别撇下我走,别走求你,只要你愿意留下来，我可以说服族里让我们成亲的。小木匠的声音，这不行，手艺人从来四海为家，我怎么能在一个地方永远住下去？叶子的声音，我不让你走。小木匠的声音，我是奔波的命，别拖累我，否则我会一辈子恨你。又叹了口气，实在不行，你跟我一块走吧。叶子吃惊地推开他，退后一步。要我离开村子跟你走，这不是私奔么，不，那样的话，我再也没脸回来了，这辈子也回不了家了。小木匠的声音，你不愿意的话也别拖累我。叶子的声音，我已经是你的人了，你想撇下我一走了之么。小木匠的声音，你可以让村里人把我打死烧成灰的。叶子的声音，你只为自己想，难道就丝毫不能为我想想么。小木匠的声音，我已经决定要走，你何去何从这是你自己定夺的事，只有你自己为自己作主。叶子的声音，这会儿我才发现你是个十足的混蛋，可惜我好端端被你骗了。小木匠的声音，我没骗你，要不然我不和你说一声悄悄走了，你不也没法子。叶子的声音，你敢？因为委屈，她的肩胛愈加抽动得厉害，本来强压下去的哭泣控制不住大声响起，你敢？不，你不会。她嗓子顿时梗塞了，你，你为什么不像他那样待我，你要像他那样待我该多好？小木匠的声音，那你为何不嫁给他呢。叶子的声音，你？不，你错了，我会嫁给他，总有一天我会嫁给他的。她咬牙切齿，语音中除了一触即溃的倔强，更多的则是极度伤心时的憋气。躲在对面树根下的宋大雨就在这时怒吼一声冲了出来，紧握一根树枝出现在惊呆了的叶子和小木匠面前，他一步步走近对方，眼中闪着泪光，从刚才的对话中，他得知自己最怕发生的事还是无法挽回地发生了，叶子将一切给了她的情人。他像是遭到了致命一击，一屁股跌坐在地，纵然他一直在暗地里跟踪叶子，也无法阻挡这种事的发生。他毕竟不是叶子的影子，何况影子也会在漆黑中与光亮分离。他又悔又急，只觉体内热血湍急，人会被膨胀的骨头劈开。他的手在地上捏紧又松懈，捏烂了几撮野草，然后触摸到了一根树枝，并一把握紧它。他感到手臂一下子显得异常轻盈，他听到叶子的声音，总有一天我会嫁给他的。禁不住泪水泉涌，接着支撑而起，仿佛一匹愤懑的公牛。我要杀了你。他的吼叫令枝头的鸦鸟耄耄欹远。他看见吓坏的叶子扑入小木匠怀中，怵怵直颤，然后又挣脱出来，回头望住自己。宋大雨怨毒的眼神顿时变得迟疑，慌忙避开叶子的脸。他一瘸一跷走向小木匠，步子格外坚强。他距离目标愈来愈近，目光中的那张脸却愈来愈不清晰。他的怒火在举起树枝的一刹那熊熊腾起，树枝凶狠地落下。奇怪的是小木匠没有躲闪，宋大雨听到一记类似冷石在篝火中爆裂的声响，手中的武器已经折断，一条红线挂在小木匠的额角。他大吃一惊，手一松，另外半截树枝也落在地上。再看，眼前是小木匠蔑视的眼神，面对这眼神，他畏缩了。那副眼神从小木匠圆圆的孩儿脸上斜射过来，恍如一支鄙夷的箭。他往后退去，突然眼中的那张面孔变得疯狂至极。再看，竟是叶子，正举着一把明晃晃的菜刀朝他扑来。他被劈中了，头上剧痛难忍。探手摸到一片黏湿,伤口处恍惚有一泓热泉涌出,止也止不住。他足心一空,脚下的土壤坍塌下去。他知道自己将死,免不了要死了。但有个女人救了他。那个年轻而憔悴的女人,搀扶起他,而后又背起他。他现在躺在一张床上。嘴巴干极。他记得那女人提着热水瓶走出了门,去了很久,至今未归。此刻,他听见旮旯有音乐跳断之声,他居然一直没在意屋内有乐曲在响。他的手搁在棉被一侧,眼微微启开着,无数布娃娃在视野中飞舞飘游。他方才仿佛睡着了,却只是进入浅浅的寐乡。他似乎走进了一个梦境,又似乎不是梦境,而是一些古老镜头的重新显现。眼下,这个世界在他看来异常宁静,如同凝固的树林。他缓缓把手抬起来,想去够墙上的布娃娃。他忽然听到耳边有男人说话,你醒了么?他一惊,别过头去看,那人就站在床头,正将手伸出,放上他额头。你烧还没全退,头晕么?那人的手厚厚的,像被阳光温暖的书。我姓王,是此地的大夫。那男人自我介绍说。他四十多岁,脸色红润,皮肤保养得很好,白嫩得宛如少妇的耳垂或者完整的月光。宋大雨觉得他甚是面熟,慢慢去辨识,终于回忆起那个起风的清晨那张被白围巾裹起的脸。没错,虽未戴围巾也仍旧可以认出。宋大雨欲开口说话,嘴巴动了几下,他的唇与唇之间有一层膜封着,竟吐不出一个字来。他看见那人返身踅到窗那边。俄顷,他又听到了音乐,那忧戚委婉的旋律萦绕在四周。他听到过它,却不知其名。他蓄了些唾液,用舌尖去抵嘴唇,终于说出话来,这曲子很好听,叫什么名字呢?他睨见王大夫盯着椅子上瞎了的布娃娃,正弯腰捡起一只铁皮药箱。这是名曲《孔雀东南飞》。他对床上的病人说。你的烧还没退,脸色也依然不好看,打一针吧。他边说边将铁皮药箱打开,取出注射针筒。看见针头,宋大雨把头偏开了,将手臂从被窝里抽了出来,露出一条干瘦瘦的臂膀,等待针头的刺入。酒精棉擦拭他的皮肤时,他把眼睛阖上了,短暂的疼痛消失后,他嗯了一声,好像屋里空无一人似的呻吟了起来。

王马同情地注视着床上这个重伤的异乡人,在屋里又逗留了一会儿,最后提着铁皮药箱出了门。走前,他关掉了音乐。那是一架小型放音机,搁置在窗户旁的一只大纸盒上。摁下按键,乐曲在某个起伏的音节前断裂了。王马反手带上门。他先前进来时,门也是虚掩的,他从门缝往里瞧,庄嫘不在,只有那个受伤的男人还躺在床上。他推门进来,手里拎着治病用的铁皮药箱。他到床边看了看,见那人还睡着,便到窗前站了片刻,无意中他瞥见一旁纸盒上的那架小放音机,就顺手把它打开,调小音量。他想找个地方坐下,眼光移到屋内唯一的那只椅子上,他看见一只布娃娃,和墙上的那些一样也瞎了。他一愣,走上前,放下铁皮药箱,想坐却没有坐下来。屋里静悄悄的,只有《孔雀东南飞》悠悠如诉。磁带由于多放的缘故,老化了,糅合着明显的杂音,有些地方还出现了忽明忽暗的颤栗和分离。虽然如此,庄嫘却对它情有独钟。这是母亲留给她的唯一纪念,母亲活着的时候那么爱听这首曲子,她至今不明白母亲为何这样喜欢它。

母亲把磁带的两面都用来录这曲子，反反复复地听，有时会不知不觉淌下泪来。后来，母亲死了。她虽依然不明白这曲子的涵义，可它的曲调是那么动人，她便也经常听它。是的，听到它就感到母亲正守着身边，看着她，抚摸她的手，对着她笑。庄嫘斜偎在床架上，平静地讲述着往事，她已经把内衣穿好，在衬衫外面套上嫩绿色毛衣，无聊地摆弄着指甲。她棉被里的下肢仍裸露着，合拢在王马腿上。此刻，她的神态与目光中的情绪是分裂的，她一脸满不在乎，眼里却透出了孩子般的纯真。王马仰头望着她，有时甚至感觉她的瞳孔是空的，她睫毛一眨不眨，里面其实什么东西也没有。她平静地说着她想说的一切，好像已讲过无数遍了，和背诵一篇熟悉的课文一样，中间差不多找不到停顿。她这样说着，完全沉浸在对往事的缅怀之中。我从小没有父亲，只有一世劳碌的母亲。我和母亲生活在一起，两人相依为命，我们的日子很苦，母亲在一家制伞小厂上班。那爿厂效益很差，做工也没有保障，常常没活可干。母亲只好自己去找一些门路，有时为别人缝裁几件衣裳，有时起早贩些萝卜青菜卖。这样挣些钱，勉勉强强度过岁月。我们住在一间又小又暗的屋子里，那屋子的确很小，与小长串房子连在一块，被逼在弄堂最里面。那些房子都是一个老太婆的，她是一个名人的遗孀，非常有钱也非常爱花钱。我相信她年轻时一定是十分漂亮的女人，因为到老了也很有风韵，一笑起来眼角就弯出鱼尾纹，特别慈祥亲切。过去她借房子给我们是收房租的，后来不晓得为什么不再收了。那年夏天她突然成了我家的常客，每一次来她总带些零食给我吃，轻轻摸我的头，唠叨着她当年的风光。有时候母亲衣服急着要交货，一个人忙不过来，她就帮着锁锁纽扣撬撬裤边什么的，她的手简直和我母亲一样巧，要不是老眼昏花和屋里光线不好的缘故，她肯定会做得更好。她是市里的政协委员，又是什么什么组织的顾问，所以常常有小汽车接她去参加名目繁多的会议和活动。但那一年夏天她不再出去了，而是把我家作为经常光顾的地方。她穿得也不再像以前那样鲜艳了，而是穿一些很普通很素的衣服，她一下子和其他老太婆没什么区别了。她过去那副不轻易理睬人的高贵也慢慢没了，她真的变成平平常常的老太婆了。但她爱花钱的癖好仿佛没变，每次总多多少少要带些零食来。母亲若是一拒绝，她的面孔就立刻冷下来。母亲只得让我谢谢她，并对她说这是最后一次了以后别再带了。可她下次来还是老样子，一推门就乐呵呵地嚷着，嫘嫘，看我带什么好吃的来了。弄得母亲很尴尬，用一种古怪的眼神盯着她。她却泰然自若，笑着对我说，嫘嫘，几时到我家去玩好么。她家住在弄堂口的一幢楼房里，那是与我们家那排房子分开的一幢二层小楼。那天晚上，我们提早吃了饭应邀到她家作客。母亲事先把我衣服涮洗得干干净净，自己换上一件不大穿的新衬衫，像走远亲似的，一路不停地叮嘱我，要懂礼貌，坐下来就不要再动了，不要多讲话，不要大声笑。我因为很少有走人家的机会，激动极了，来不及地点头。我们踏上楼房的台阶，母亲还不住地说着，要懂礼貌，别大声说笑。这时我们已到了二楼，老人就在门口迎接我们。她穿得讲究极了，浑身珠光宝气，脖子和手腕上都是发亮的首饰。那一刻我才懂得了什么叫高贵，高贵原来是用钱做的。她身上散发着一股幽雅的香气，嗅着让人很舒服。她把我们让进屋。屋里是木头地板，打扫得非常整洁，大概刚刚用水拖过，显得空气特别清爽，把燠热都赶跑了。屋子看上去不十分大，也许是因为被成套的红木家具占据的关系，特别是那张床，简直顶天立地。除了红木家具，临窗还有一对盖着竹席的大沙发，一只沙发是空的，另外一只上面坐着一个小女孩。我从来没见到过她。她年龄好像和我差不多，打扮得很漂亮。戴一只玉色的蝴蝶箍，穿一件粉红色的长丝裙，是连环画上常见的外国公主穿的那种一楞一楞的百褶裙。她皮肤白白的，五官很精巧，跟一只布娃娃似的，属于望一眼便会让人喜欢上的小女孩。她怀里的确搂着一只布娃娃，很大的一只布娃娃，会摇头摆尾地动，还会发出美妙的音乐。听到有人进来，小女孩突然从沙发上跳了起来，警惕地面对我们所站的方向询问道，是谁？妈妈你把谁带到家来了。老人一面招呼我们坐，一面奔到小女孩那儿，抱起她，哄她，这是妈妈请来的客人，就是跟你提起过的那位阿姨和她的女儿，她女儿叫嫘嫘，你该叫她姐姐呢。小女孩嘴一噘说，什么姐姐？你不是说那家人很穷么。我凭什么叫那种人姐姐。老人顿时两腮通红，连忙打断说，别胡说，快叫阿姨叫姐姐。小女孩突然哭了，将布娃娃狠命朝地上的一掼说，你坏，你把我的东西偷出去给人家吃，你坏，你知道我眼睛看不见就偷我的东西给别人吃，你这样对待我，你不得好死。我和母亲都大惊失色，料不到小小年纪的人竟会讲出如此歹毒的话来。再看小女孩，居然是个瞎子。虽然眼睛又圆又大，眼珠却是僵死的。她在她妈妈怀里乱吵乱叫，又是抓又是咬。我吓坏了，这突如其来的变故把我先前的开心统统赶到爪哇国去了。母亲面孔煞白，拖我到她身边，紧紧搂住我发抖的肩膀，匆匆出门下了楼。说到此处，庄嫘的一半身子从棉被内升起来，手掌向墙上张开，去取布娃娃。她够到一只，用两根手指夹住它胖胖的腿往回一拽。由于用力过猛，墙上的铁钉一同被带出了。她索性将引线拉断扔掉，腾空出去的身子又回到床上。断了的线迅速缩拢球住了铁钉，在地上蹦着，锳锳的余音很快听不见了，宛如橡皮般与音乐抵销了。音乐总是伴随着庄嫘，她把那架小放音机放在枕边，让《孔雀东南飞》缭绕着她的梦和现实。她把布娃娃摆在胸前把玩着，一只手指从布娃娃右眼戳入，又弯曲关节从左眼钻出来。她把布娃娃举高，轻描淡写地晃动着，神态怡然自得，眼中却依旧是空的，什么东西都没有。后来的很长一段日子，那个老太婆一直没再来我家，我们也不再见到她。大约秋天的时候，她又出现在我家门口，颤巍巍地走进来，还是像从前一样带来许多零食。她踱到我母亲跟前，一连声地请求谅解。母亲冷冷地说她早把那件事忘了。她追问了好几遍,真的忘了么,真的忘了么?母亲说真的忘了,早忘得一干二净了。她才好像放下心来,是的,她只不过好像放下心来,实际上她根本没有相信,她诚惶诚恐的眼神告诉我们她没有相信。但她还是说很高兴我们原谅了她,接着神情黯淡地说她要走了。她已经把房子连同那座小楼都捐赠给了国家,她要乘船去遥远的海上旅行再也不回来了。第二天晌午,我们那条弄堂突然变得热闹非凡,聚集了许许多多人。我看见了警察和穿白大褂的医生,还有两条狼一样的大狗。从人们的议论中我们知道那个老太婆服毒自尽了。就在昨天夜里,死前她还把她的盲眼女儿掐死了。那天我看见母亲在暗中抹着眼泪,母亲是不轻易哭的。可是那天她真的哭了,我也跟着一起哭了。我也是不轻易哭的,可是我哭了,真的哭了。庄螺越说越慢,手中布娃娃旋转的速度也一点点慢下来。终于,她将手指从布娃娃眼中拔出来,异常疲倦地朝床脚投过去。人靠在床架与枕头之间,轻轻喘息着。冷不防,她飞快地翻到旁边这个男人的身上,仿佛一只涨潮时的鸭子。两腿分开,骑在王马身上,注目逼视他,逼视他的脸。这张脸在深灰色的背景下仅仅是一小块一小块不规则阴影的组合,犹如黑黢黢海面上浸泡的一个褪色面具,白得像是浮肿。你真丑。她扭头朝地上啐了一口,遂又重新回到原来睡觉的位置,换了一种揶揄的口吻说,知道么?我生了一种快死的病。绝症。真的,怎么啦?你抖了一下,别以为我感觉不出来。我感觉到了,你抖了。可是你别害怕,它只是血液里的病。我的血坏了。懂么？我的血坏了。是的，你是大夫。你懂的。它不会传染给你的。放心，如同今天晚上我所保守的秘密，丝毫不会危害您的名誉。她伸了个懒腰，被窝内的双腿夸张又放肆地斜跨开来。她弄疼了王马。她是故意的。王马并非不知道，她是故意的。王马心里骂了一声，坏娘们，明明踢了我一脚，却装作是伸懒腰。但是，他没有喊出痛来。的确，她看出了自己的担忧。他的心思被她浅尝辄止点破了。不用说，他是冒险来此的，这一带的人都清楚，迈进这间小瓦房的门槛其实就是在迈进风月之阃。他是倍受人尊敬的大夫，他比别人更需捍护自己的名声。但他还是偷偷摸进来了，门果然与他忖度中那样虚掩着。他推门而入，如果不是因白天庄嫘的暗示，他恐怕永远也不会走进这间屋子。他历来只遵循确凿无误的事实，哪怕那个女人确实对他存在诱惑。她是迷人的，同时也是病态而憔悴的，然而她的病态并未使她看上去柔弱。她高高瘦瘦，忧郁的眼角以及玩世不恭的嘴唇充满了魅力。她从郊区公共汽车上下来的姿势，她文静的行走的背影都让人无法容忍她是置身皮肉生涯中的一个婊子。那可真是个古怪透顶的女人啊。有一天采购药品归来的王马在郊区公共汽车上看见女售票员唾沫横飞地比划着，她总是一清早天没大亮就赶到车站等头班车。有时一个人，有时旁边还有个男的，她有很多男人，面孔都不一样，她上了车就找个空座坐下，一句话也不说，也不和身边的男人说，一直坐到终点站。你们说怪不怪？车子要开两个多钟头,她却不和旁边的男人说一句话。她总是穿一件旧夹克衫,一根白围巾一直围到鼻子,她夹克口袋里有时放着一只小放音机,老是放一首哀乐般的曲子,听得人汗毛全竖起来,像身上爬满蚂蚁,难受死了。可我不敢叫她关掉,我怕她脑子,女售票员用手做了把手枪朝太阳穴砰地开了一枪,跟着诡秘地一笑,谁知道呢?她就这样听着那该死的曲子,一直不说话,而是望着窗外,碰到曲子没了,她就把磁带翻过来或者换上两节新电池。该死,那盘磁带录的都是那首曲子。她呢?继续看着窗外,窗外有什么呢,除了光秃秃的田和破旧的农宅,要么就是慢慢亮起来的天。可她就一直盯着窗外,车子到市区终点站了,她就跳下车,也不同和她一块上来的那个男人说话,她就下车了。孤身一人朝市中心方向走去。天晓得她去哪儿了,去干什么了。我们车子稍歇片刻又要重新往乡下开,然后再返回市区。一般两圈兜下来就到吃午饭的时间了。这时她又出现了,在终点站旁边的一家小面馆里吃面,我和司机,喏,就是前面驾驶室里的那个胖子,也在那家面馆随便下碗面条充饥。她看见我们进来,赶紧把面吃完,站起来上车去占个位置,她手里拿了一只布娃娃,真鬼,每次她都拿一只布娃娃,大概她大清早赶车就是为了买一只布娃娃。可是谁知道呢。她上车就找个座位坐下来,还是不说话。车子一开,她就看着窗外。若是放音机带在身上,那就要死了。你得不停地听那首倒霉的曲子,阴沉沉的调子听得人心里直发毛。她面孔毫无血色,丧魂落魄地坐着，不说话，连买票也不说一句话。从口袋里掏出钞票递给我，眼神却不知道瞟着窗外的什么地方。喏，喏，就像这样，女售票员忽然头调向窗外开始摹仿。学了一会儿，她又掉回了头，蒙住嘴咻咻直乐。那些听得津津有味的乘客齐声笑了，车厢顿时被包围在春天喜悦的丛林之中，被一片叽叽喳喳有如鸟语的议论声淹没了。王马坐在后排靠车门的长椅上，他没有笑，前面就是他居住的村子了。他准备下车，这时车速明显减慢了。王马站了起来，车子在路边几株夹竹桃前停住了。女售票员去揿门钮，车门没立即打开，一个站在王马前面的乘客伸脚去踹，不料门又自动开了，那人栽下车，摔在地上。车上的人都涌到窗口大笑。那人爬起来，涨红了脸，骂骂咧咧地走了。王马也下了车，站头上有两个准备上车的乡亲认识他，帮他接过手里的皮箱。他谢过了，扭头去看那踹门的人，已走出五六米远了。车厢内的哄笑渐渐平息，人们又回到方才议论的那个话题。汽车起动了，它还要驶往更乡僻的终点。它鸣着喇叭，卷起雾状的尘土远去了。车厢内的喧嚣也随着远去了。这些喜欢饶舌的人儿呀。王马摇摇头，提起皮箱，他明白那些人在说谁，不单那个女售票员，不单那些借题发挥的乘客，整个村子都在谈论那个女人呢。人言呐，就像捕鸟的罘罳，网开了，管保你插翅难飞。王马走在河边，脚下是石子铺成的小路，是当年开挖运河时修筑的，那时他还是穿开裆裤拖鼻涕的孩子呢。时光过得真快，白驹过隙一闪，如今他已到了中年。河边的石子路也因年久失修而变得凹凹凸凸起来，雨后日照，处处都是发亮的水洼。走的人多了，石子愈来愈少见，全深深陷入了泥土。只有雨天，鞋底才会在泥泞中偶尔感知到石子的坚硬。现在，有一些风吹过。王马轻轻吁了口气，他的皮箱靠着他的腿，过大的体积约束了走路。他一使劲，把皮箱骑在肩头。同样一只箱子，霍地变轻了，使步子也变轻了。沿着这条河笔直向前，拐过一座桥，再走一段路就到家了。他的家，就是他的诊所，门板上钉着一块桐油小木牌，上书王氏中医四个隶字。其实王马不仅仅是个中医，他接受过系统的大学教育，还是医学院的高材生。毕业后他差点留在市区当了医生。他回到村子做乡村郎中完全是因为父命难违的缘故。他家乃当地有名的中医世家，好几代了。到他这儿，一脉单传，毕业前夕他父亲开始写信催他回家。他模棱两可的复函激怒了父亲，他父亲终于忍不住跑到学校来找他，指着他大骂孽障不孝。骂着骂着眼泪也出来了，王马想争辩，留在市区不照样可以看病救人么？还未说出口就被识破了心思，别没理找理，这儿医生多着呢，不独缺你一个，你给我回去。你回去瞧瞧那块招牌，这么多年了，容易么，想在你手里败了？我没意见，你去跟祖宗说去。他无言以对，只好放弃原来的打算，嗒然若失地回到村子。一回来才发现父亲没有唬他，果然每天有许多病家舍近求远慕名而至。我就是冲着它来的，一个老汉看完病后摸着那木牌喟然长叹，打我祖父那儿起就到这里来看病，几十年了，不容易呀。他心里一阵感动，渐渐灭绝了回城的念头，将校园里学到的知识与传统的中医融汇到一块，医术其实早已胜他父亲一筹。所以父亲死后，求医的人非但没减少，反倒益发络绎不绝了。有一年夏天，那时王马父亲还在世。那是个大旱的季节，酷热和干燥在城市及其边缘持久地蔓延。反常的气候使人无处躲藏，人们像惧怕黑夜一样惧怕白昼的降临。白昼拖长了。阳光仿佛金色的沙子自天际倾泻，风消弭了踪迹，河床暴露了，人被烤成了发脆的枯叶。这是一个非同寻常的夏天，一个危险的季节。酷热窒息了人的所有欲望，妇女老人和孩子被安排到村那头的槐树林中去避暑。口干舌燥使大伙忘了自己还有诅咒的权利，连平日里伶牙俐齿的人也寡然少言了。然而就是这么一个可怕的天气，一对异乡来的年轻夫妇到村里落户了。他们买下河边一间大瓦房，显然准备在此地长住下来。虽然无人知道他们从何处来，有一点毋庸置疑。那是一对恩爱夫妻。丈夫姓韩，是个木匠。身材挺拔，圆圆的孩儿脸上始终带着调皮的微笑。妻子叫叶子，不高不矮，周身上下洋溢着楚楚柔情，是个标准的美人。她和丈夫坐在房檐投下的阴影里，王马看见了她。她正挥拂着一把蒲扇，赶走乱撞的蚊子。蒲扇掀起干燥的风，雕刻出她胸前的一段曲线，吹向一旁赤膊的丈夫。再看韩木匠，口衔一根稻草，乜斜着井边排队打水的人流，正悠然地掏着耳朵。井边已经有二三十个人了，都提着水桶，走一个上一个，有条不紊地缓缓前进。这是村里硕果仅存的一口井。村里原有几口井，通上自来水后大部分都填掉了。这口井未遭摧毁的缘由是因为有个年轻寡妇把它当作了追赶丈夫的通途。当地有一种说法，溺死过人的井不能填，不然死者永无出头之日，毁井的人自身也会遇到不测，所以此井只是被废弃不用任其荒芜而已。为防止孩子们围着它嬉耍时失足，有人在井口锁上了一块铁皮，然后大家视而不见，渐渐将它遗忘了。如今大旱降临，自来水时断时续，受口渴煎熬的人又想到了它，也不再忌讳它曾是溺死过人的，从锈烂掉的铁皮孔中抛一片碎瓦下去试探，居然有水的回声。这下都大喜过望，像捡到一根救命稻草，心急火燎地砸了锁，扒开铁皮，先挹尽了潲水，守候几个钟头后清水涌出了。为防止来之不易的水被人偷汲，特意又装上新的铁皮，换上崭新的锁。钥匙保管在村长手中，每日早晚各开一次，按人口每户分配一点。而此刻正是晚上的分水时间，王马排在取水人中间，跟着队伍徐步而行，看见了屋檐下乘凉的那个女人。她妩媚醉人的笑容，她摇曳蒲扇的裸臂，她的美在无风的黄昏照样无可挑剔，仿佛活的奇迹。瞬间，不过是极短的瞬间，王马爱上了她。这不切实际的荒唐的爱恍若被沼泽粘住的鸟，再难摆脱。爱情鼓舞着王马，虽然稍纵即逝的醒悟令他萌生沮丧，但爱情本身的力量很快将那份沮丧驱走，持久的激动城堡般占据了王马的心。他从看病村妇的闲聊中采撷一切关于那个女人的消息。她叫叶子，他第一次知道她的名字。那时大旱已经退去，大旱是在村里的第二口井即将挖成之前突然结束的。紧接着，天空把饱饮的水分还给了大地，雨季控制了夏天的后半部分，自来水畅通了，槐树林里的人回家了，河水慢慢升起，村里恢复了正常生活。人们快快乐乐，好像从没发生过大旱这回事似的。有了方便的自来水，那口救活整个村子的井连同那新挖的井都被抛弃了。若干年后，人们大概已忘记了那次大旱。然而王马永远记得，王马记得叶子正是在那个灾害的季节来到村子的，他满脑子全是叶子的微笑与倩影。正是在这种心情下，王马结了婚，娶了邻村一个水灵鲜亮的小家碧玉式的女人，于是，他在占有新娘的同时也占有了叶子，他身下压着的不是别人而是叶子，他身下呻吟的不是别人也是叶子。可翌日早晨，醒来后的他明白了事情的真相，他被自己骗了，不，是自己骗了自己。是幻觉换来了甜蜜，怅惘也罢懊丧也罢，都与人无关，除了自嘲，他又能责备谁呢。慢慢的，他从虚构回到现实里面来了。睨视着身边的新婚妻子，不知道心头是何种滋味。漱洗时他以冷水泼面，猛一清冷却更增愁绪。他终日郁郁不乐，因为相思情切，烦恼开始变本加厉地折磨他。雨季结束，夏去秋来的时候，生活起了一些微妙的变化。这种微妙在王马绝望中蔓开出一片可供梦想成真的空地。叶子的丈夫，那个韩木匠，正背着工具箱从空地尽处消失。韩木匠离开了村子，他一年中的绝大部分时间都将外出做工，只有在春节前才赶回家过年，节后不久他又踏上远去的征途。这春出冬返的候鸟式的作息成了年年的规律，并使王马有机可乘。但机会并不是飞快到达，一直到九年前才姗姗来临。那时王马父亲已死,也是一个炎热的夏天,好在没有出现旱情。有一天午后,毒日高张赤帜,阳光在屋顶的瓦楞间跳舞,闪闪烁烁,一会儿移到地上,一会儿贴墙慢爬。王马家的门敞开着,窗户也开着,王马歪在藤椅上翻一本消遣书。一个声音在门口怯生生地问道,没人是么?王马抬起头,望着正在跨过门槛的一个女人。她扶住额头,好像处在晕眩之中。没人是么?她复述了一遍,王马端详她。微微颔首。他一言不发,天晓得,他何以能保持这般镇定。要知道,进来的正是他梦中的情人,这个叫叶子的女人,与她丈夫定居此地约莫有六七年光景了,然而她,是的,她从来没走进过王氏诊所,她从不生病么,她今天病了么,奇怪,如此炎热的天,她竟然穿着毛衣,一件嫩绿色的毛衣松松垮垮荡及胯部。她怀里抱着布娃娃。胳膊和腿显得又瘦又长。她笑了。这一笑起码使她老了十岁,她突然说,给我一些安眠药和止痛片好么?发现王马古怪地盯着她,她又笑了,只要一点点,放心,我不是为了寻死。王马返身去取药时,看见窗户关得紧紧的,外面居然是寒风呼啸的严冬了。那个女人在背后说,我没钱买你的药,我有的只有茫茫长夜。他回头,庄嫘还在微笑。

# 0

茶馆墙壁上悬挂的红木自鸣钟开始撞击,清脆响亮的金属的当当声在屋内萦回。瞎子捧茶壶的手抖得厉害。终于，他站起来，拄着拐杖出了茶馆。他从庄嫘身边走过，呼吸中透出一股类似枯草死亡的气息。庄嫘跟着他。走在石子小路上，路边有树，太阳在枝叶间炫耀，白色的光迅疾在地上滚成一粒粒珍珠。日影中庄嫘鹭鸟般的背影比任何时刻都拉得更长，她跟着瞎子，间隔大概有二十米远。尽管这样，她仍旧小心翼翼，脚步放得很轻，她清楚盲者听力远胜常人。经过一家理发铺时她扭过脖子，一个卷发女人正埋着头，把两张方凳拼起来，在门口玩一副扑克牌。可能她玩得太专注了，有人走过眼皮也不抬一下。庄嫘看见一只猫匍匐在卷发女人旁边，耷拉着脑袋似已睡熟。此刻却睁开了眼睛，眼角湿润润的，马上又阖上了。庄嫘继续跟着瞎子，眼睑低垂着，影子在身前延长。又走了一程，远处猛然开阔，俨如一块刚刚收割过的稻地。再往前，树开始多起来了，村子被远远抛在脑后。身前的影子短了一截，又短了一截，终于转移到背后。太阳照在槐树林上，璀璨的斑点似乎战争中爆炸的钢盔零零碎碎。与此同时，瞎子消失在槐树林中了。远远望去，槐树林在四处环抱的荒地和河流的衬托下显得那么突兀，颜色很深，仿佛晒干的一摊褐色血迹，看上去更像独木成林的一棵完整的大榕树。再近些，槐树林则成了真正槐树们的加法。交织的树冠占据了悬浮不动的平静的天空，风使枝干碰撞，响起眨眼般敏捷的飒飒之声。庄嫘稍稍加快步伐，接近林子时才重把速度放缓下来。刚要入林，忽然听到了歌声，林中走出了三三两两的年轻人，推着小车，车内歪歪斜斜放着铲锹之类的工具。他们一路走来，没有纪律，是一些年轻的工人，唱着改过词的歌，乐乐呵呵，妹妹长妹妹短地瞎吼。他们快出林子了，先是三个人，然后又是两个。他们出来了，大家一起笑了。他们看到树林小径旁这个拎着热水瓶的女人，缩着头颈，神情恍惚地看着他们。大家不再唱歌，笑嘻嘻地吹出一记记口哨。这个说姑娘，看你愁眉苦脸的，准是谁欺侮你了吧，别恼了，跟哥哥走吧。那个说，嗨，可怜可怜我吧，我有的是力气，就缺一个老婆呢。庄嫘不理不睬，从他们身边擦过去。那帮人哄然而笑，又唱起了歌。有了歌声和脚步的掩护，庄嫘不用再踮起脚尖，放心地奔进了林子。小径上哪里还有瞎子的踪迹。她正在发愣，看见一个青年从树后闪出来，一边束裤子一边哼着小调，发现庄嫘东张西望的样子，问道，找什么？庄嫘嗯了一声，找人，一个瞎眼老头。那人说，噢，见到过，好像钻到对面林子里去了。说着朝那方向指了指，又问，是你父亲？庄嫘反问，谁说的？那人笑道，是猜的，不是你父亲又是谁？那么老，总不会是你男人。庄嫘不由大惊失色，那人已转身去追赶他的同伴了。目送他的背影庄嫘不知如何才好，是的，此人戏谑的一句话恰巧挖掘到了她一生悲剧的根源。是的，她跟踪的瞎子，他垂垂老矣，那一夜间迅速生成的衰老和空洞的眼窝使他的面孔与照片上不再一样。他瞎了，又老又丑，眉下还有两个深深的神似泥淖的窟窿。但依然能认出他，他是父亲，也是第一个蹂躏自己的男人，他创造了自己，也毁灭了自己。他瞎了，惩罚了自己，隐居在这个偏僻的村子里，此刻要干什么呢。庄嫘潜入了树林，她又听到歌声传来，小径上又有人走来了么。脚下落叶沙沙作响，眼前暗了，树林像同外界隔绝的昏冥地带。越往内，越是幽深的密林，蹶突出布满疙瘩的老桠杈。小径上的歌声渐渐听不清了，接着完全从眼中芟除了。林中出现了一小块三角形的空地，阳光煜耀在空地上。庄嫘望见了瞎子，他举着拐杖，弯曲的一头冲上勾着什么，他在原地绕着圈子。过了一会儿，大约达不到目的，他放下了拐杖，挂着它在对面的林子里消失了。庄嫘没有立即跟过去，而是避开长满荆棘的那块空地兜了个圆圈。她又踮起了脚尖，一步步都谨小慎微，像脱了鞋赤足走在棉花上似的，屏心静气，呼吸按压在胸腔内。每走几步，都回首偷瞄一眼。等折过来快接近那片林子时，瞎子忽又出现了，猫着腰，蹲下，变成半跪的姿势，双手在地上乱摸。庄嫘站定，目不转睛地盯住他，他渐渐逼近了，庄嫘退也不是进也不是，正无所适从，还好，瞎子停住了。他在荆棘丛边缘摸到了一块石头，抱起它吃力地反过身，他没拄拐杖，他把它留在树林里了么，却准确地步入了树林，没有撞到树干，他心中藏有示意图么，他抱着石头被树林吞没了，庄嫘吁了口气跟上去，脚尖却踮得更厉害。到了林边，她发现这里的树并不算太密。可当她真正进入树林，才发现只是表象，那些树仿佛一面缩小一面关闭的门，越往内越密,也越黑。她看见了瞎子,他站在前面一棵大槐树下,拐杖吊在斜伸出来的一根粗枝丫上。他正站在石头上往拐杖底端系一条细麻绳,然后连同拐杖一块抛过枝丫。他成功了,绳子在拐杖的坠力下落在地上。他再蹲下松开拐杖,熟练地将绳子挽成活结,并把那活结升到所需的高度。下一步他应该把头套进麻绳圈内,勒紧颈,蹬掉石头,使身体腾空。对此他似乎已有充分准备,他攥住绳子,刚要俯身钻入圈套,背后离地不远的地方传来一个轻柔的女声,爸爸。他周身一颤,他不知道,他永远也不会知道,这是一个人自懂事以来第一次也是最后一次使用这个称呼。这完全是一个仪式,仅仅是仪式而已。现在这个仪式才刚刚启开帷幕,那女声随即换了一种冰冷的语调,你选择了你应有的归宿,可惜到如今你连这点权利也已经丧失。她说得斩钉截铁,丝毫没有妥协的余地。你罪孽深重,你该知道人有命运操纵,你早知今日何必当初。庄嬅说着拔掉热水瓶塞,面无表情地走向面前那张同样没有表情的脸。她干得异常出色,保持了自始至终的从容,举起热水瓶向瞎子头顶倒下。滚烫的沸水伴随着瞎子的尖声惨叫在烟雾中扩散,一具扭曲的躯体在烟雾中蒙住面孔,他在撕扯自己的面孔,嘴里嗷嗷直叫。很快连这些声音也没有了,瞎子已无力启齿,还是破烂的皮肤封住了他的双唇,他摇摇摆摆站起,浑身湿渌渌的,脸上是锈红色的指甲抓痕以及透明的水泡。面临这幕惨景,庄嬅猝然色变。她看见瞎子张开五指抓住了那条细麻绳,她节节向后退去。此刻，那个掉落器官的光秃秃的女人又朝她走来，连接关节的地方冒着鲜血，顺着胳膊蜿蜒而下。天空下着暴雨，雨中的女人开始腐烂，化成污水被冲刷一净。庄嫘睁开双眼，她所睹见的已是悬挂起来的瞎子，他死了。他是在她梦境重现的同时进入细麻绳的圈套的，他在树林上空一群鸽子盘旋的罅隙里进入了另一个世界。那个世界没有罪恶的渊薮。他死了，死亡洗尽了他在红尘中犯下的一切过失。他死了，虽然死状恐怖，但这张脸已与他本人无关。他留下的只是一副空壳，内心丰富的情感、迷惑与痛苦已荡然无存，比那些鸽子飞得更高。庄嫘的热水瓶脱手而出，呈一条优美的弧线滑落进左边的树丛，就像慌乱中抛出去一只蝎子。

# 3

九年前一个夏天的午后，毒日高张赤帜，阳光在屋顶的瓦楞间跳舞，王马歪在藤椅上翻一本消遣书。一个声音在门口怯生生地问道，没人是么？王马抬起头，吃惊地望着正在跨过门槛的一个女人，她扶住额头，好像处在晕眩之中。没人是么？她复述了一遍，王马端详她，微微颔首。他一言不发，天晓得，他何以能保持这般镇定，要知道，进来的正是他梦中的情人。这个叫叶子的女人，与她丈夫定居此地约莫有六七年光景了。然而她，是的，她从来没走进过王氏诊所，她从不生病么，她今天病了么，她当然是病了，她憔悴苍白的神色已经是结论。她坐下来，任凭王马取过她柔弱无力的手臂。王马的两根手指搭在她腕上默默倾听，但他没能读出对方脉搏的次数，而恰恰是感受到自己的心在急促跳动。他抬头，眼前正是他倾慕已久的女人，借着职业的掩护，他假装观察叶子的病容，这是他如此确凿地面对他所钟爱的女人。她的美丽是银白色光线中一朵倦怠的百合。她年近三十，还是那么美，不，反倒更添了风韵。她扶着额头，完全虚脱的样子坐在椅上，她白皙的裸臂和微伏的前胸恍若神秘的风景令王马心驰神往。天真热呀。王马感叹着起身走向高大的药柜。你只是有一点轻微的中暑，不要紧的，吃点药睡一觉就好了。他打开药柜的门，那里是几格排列参差不齐的药瓶和纸盒。他取出一些解毒驱热的药片装入纸袋，然后鬼使神差又伸手拿起装安眠药的小瓶倒向另一只纸袋，他把药交给叶子时，心头只有只小鹿狂奔乱跳。这是药片，白色的每天三次每次两粒，黄色的临睡前服用，一共三粒可以一起吃完，还有，这是清凉油，有空涂在耳根和太阳穴上，还有，可以多喝点盐开水。他尽量表现出轻描淡写的口吻，然而他的话中依旧留有破绽，临睡前服用？三粒一起吃完？可是谁能体会到其中的深意。那不过是大夫正常的关照，叶子哪会想到那是一些将导致深睡不醒的药丸，她将遵从医嘱吞下它们。叶子走后，那本书犹如一棵空中的白菜被王马随手扔开，矛盾和苦恼搅得他坐立不宁。他不知道接下去该怎么办才好，这是一个突然设计的阴谋，信手拈来的构思。他是策划者，一个闪念使他成为一出戏的主角，女主人公也有了。他知道，叶子的昏睡已十拿九稳，他的诡计为他企盼多年的渴望提供了兑现的舞台。但他是否真的出场，他既难抗拒美色的诱惑，又怕出现潜在的观众。他害怕观众，哪怕一个短暂的身影也会让他顷刻退缩。他要求一切像他希望的那样静悄悄开幕，静悄悄收场，连女主人公也沉浸在角色之中不再醒来。他鼓足了勇气出了家门。现在，已是半夜，一切和他希望的那样，路上无人，村野与漫无边际的黉夜混成一片氤氲，云海中穿行的月亮追随着王马，点点繁星犹如夜的眼睛凝视大地。村那头是几座小山模糊的轮廓，它们像负枷的野人归降于黑暗，整个情景布置在陈旧的镜子般的天底下。月亮下凡了，一叶轻舟颠簸在河水之上，无形的舟楫划开细小的波纹。桥下，青蛙叫得正欢。一颗流星陨落，是一根光稍纵即逝的虚线，仿佛神奇发亮的米或者米的符号。更多的星则分散在天空与河面，比月亮愈加夺目。王马过了桥，晚间的阴影围绕着叶子家的房子，他从泡桐树前经过，树下的一群蚊子在他鼻子旁乱飞。叶子家的门关着，他绕到屋后，后门也关着。左侧却开着一扇窗户，借着月色望进去，可以看见一只被风吹动的蚊帐。王马摸出了面具，这是他撕开一只口罩做成的，他在纱布上剪出几个洞，露出目光与呼吸。他把它戴在脸上，矮下身扔入一块碎砖，过了不久又扔一块，两次都毫无动静。他暗自窃喜，胆子也壮了大半，站起来，撑住窗台，一使劲，转眼到了屋内。屋内明显比外面要暗，但仍能辨别出障碍物。哪是凳子，哪是椅子，它们散乱地放在各处，使房间产生异常逼仄的错觉。确实，比起房子的外貌来它要可怜得多。事实上，它只是用砖头分割开的三个房间中的一间。这是卧室，另外两间理应是堆置杂物和烧饭吃饭的。这是此地农居的典型特征，叶子虽是异乡人，住了这些年，想来也入乡随俗了。王马凑近了床，床由于蚊帐的关系变成了屋中之屋，不用说，他垂涎已久，眼下唾手可得的叶子就在里面。他贴着蚊帐朝内窥望，除了网状的黑色，什么也没有。他轻轻哈出的热气从帐子回到脸上，潮乎乎的。他撩开了蚊帐，他看到了，他梦中的情人。她昏昏睡熟，恰似水泽畔轻渺的仙子。她面朝里，衬衣卷起皱褶堆在背脊上，袒露出石膏般光滑的肌肤，叶子叶子叶子。王马尝试将手伸入蚊帐接触她的身体，马上他就按捺不住上了床，叶子叶子叶子。他哭丧着脸叫个不停。睡着了是么叶子。他哆嗦着去解叶子的衣服，叶子却全无反应。他跪着，把叶子扳过来，脱掉她的衬衣。他听见叶子喉咙里含混不清的声音，他猛地一惊，忙住了手。很快他判断出这是正常的呓语。他呆呆注视着她，她安静的脸，她被一块起伏的布绷紧的乳房。他的手探到叶子背后松开一粒纽扣，并迅速把胸罩推高。叶子叶子叶子，他一头埋进饱满的双乳之间，像婴儿一样含住其中一只。他在这令人迷醉的器官上停留了许久，然后凌空压下，身体因为过分狂热而抖动不已。忍不防，他的腹部被某件硬物抵痛，他支起左肘，右手在叶子腰间探索，果然摸到一样东西。他停下，定神去看，是一只系在裤带上的木头雕制的公鸡，已经被他压坏了一只翅膀。他拿起断翅琢磨了一阵，扔了。身体又冲着叶子，却比刚才小心翼翼。现在，他的脸贴着叶子的脸，手向下游去，他褪尽了叶子，使她一丝不挂。他长久地亲吻她，面具始终没有除去，他生怕万一叶子惊醒，可以不被认出而飞快逃遁。他衣服也没脱，只是在占有叶子的一霎解开了裤子上的纽扣。他在床上待了一个多小时，接着重新为叶子穿好衣服，把那只断翅放在叶子身边。他伪装了一个什么也没发生过的现场，然后下了床，翻窗消隐在夜幕的空旷里。这样，他干净利落地完成了一桩甜蜜而危险的企图，他差不多天衣无缝地完成了一出戏。他卸妆了，女主人公还沉浸在角色之中没有醒来。那一年晚冬，王马的妻子为他养下了第三个女儿。而在这之后不久，村里发生了一件意料不到的事。那是春节前夕，韩木匠同往年一样回家来过年了。他到家的当天晚上，出事了。人们看见叶子披头散发地从屋里逃出来，后面紧跟着脸色铁青的韩木匠。叶子挺着大肚子跑不快，转眼被韩木匠追上，一脚踹翻在地。她爬起来跌跌冲冲又向前跑了几步，自己跌倒了。面对杀气腾腾的丈夫，她吓得嚎啕大哭，来人啊来人啊杀人啦。韩木匠上前一把揪住她头发，往上一提，仿佛它只是一把带根的草，痛得叶子嘴巴歪斜到了耳根。谁的？韩木匠问。你的。叶子说。啪。一记响亮的耳光落在叶子脸上。谁的？韩木匠再问。你的。叶子斩钉截铁地回答。啪。又是一记耳光，围观的人看不过去，一边制止一边靠近，韩木匠霍地从腰后掏出一把锥子，眼神极其残忍。你们都别过来，想找死呐。劝阻的人只得就地止步。韩木匠将锥子顶在叶子右颊上，不说杀了你。叶子哭道，我不知道，我不知道，不知道呀。人群一阵骚动。韩木匠凶相毕露，不知道，不知道，她说她不知道。他朝锥子上使了把死劲，围观的人都听见了一声撕心裂肺的惨叫。与此同时，一个敏捷的青年上前抱住了韩木匠的后腰，紧接着又有几个青年快步跟上。韩木匠强挣着，架不住人多，被夺了锥子制服在地。再看叶子，鲜血染红了半边脸颊，一副血肉模糊的形象。当夜，韩木匠离开村子忿忿而去，抛弃了家庭也抛弃了破相的妻子。三个月后，叶子生下了小刚，一个聪明伶俐的男孩。她把所有的爱都给了这个孩子，除了种地卖菜整天足不出户。村里的人再也没有看到她笑过，她不会笑了，像换了一个人，连称呼也从叶子改成了韩嫂，这称呼里面蕴含了人们美好的期冀，大家希望韩木匠能回心转意返来，与叶子重归于好。可是春辞冬临，一年年过去，始终没出现那个高大的身影，人们清楚韩木匠再也不会回来了，韩嫂的称呼却已妇孺皆知。叶子遭韩木匠拷打的那天傍晚，王马不在家。他到邻村为一个垂死的病人出诊去了。他没能把那人救活，无精打采返回了村子。晚上就寝时，他从妻子口中得知了这件事情，心里一咯噔，嘴里说了句睡吧，就翻过身去。他无法入眠了，胡思乱想了半夜，最后疲乏地睡着了。可他真的心安理得地睡着了么，他明明是这出悲剧的缔造者，却一丝一毫没有损害到他。他名誉依旧生活依旧，而为他牺牲了爱情和贞操的女人，此刻正饱尝辛酸。事到如今，他不再庆幸，他害怕叶子已猜出了真相，她难道会那么迟钝地还蒙在鼓里么，王马惊醒了，再也阖不上眼睛。他的疑惑将在一次早市的散步中找到答案。有一天他经过集市时望见摆摊卖菜的叶子，她没有和着其他生意人大声吆喝，而是退缩在一旁守株待兔。王马不知不觉踱过去。卖菜么？他问。叶子抬起头，右颊上一道沟壑抵销了她原有的美貌。她愣了愣，不假思索地说，不卖。王马惊讶地发现，她眼神中射出了一道糅合着厌恶的不屑一顾的注视。她把头低下了，再没抬起。但那个注视固定在王马记忆中再也挥拂不去，这是一种怎样的注视呀，它漫不经心地流露，连话也无须说，全部的情绪就已表达。它是随意的一瞥，但比最尖刻的诅咒还要锋利百倍，叫任何人都受不了。一股冷电从头顶流遍全身，王马又看到了它，虽然面容有异，冷酷的眼神却一模一样。这倒霉的眼神是与生俱来的么，庄嫘打开放音机，他急忙去关掉。这么大早开它干什么，不怕人知道啊。忽然那注视在庄嫘眼中重显，宛如一条蛇的游离，庄嫘又摁下按键，开得比刚才更响。我怕谁知道呀，是你自己在怕。对了，你还没付钱呢。庄嫘扔给他一条白围巾。把脸遮起来吧，那样就没人认出你了。此刻，《孔雀东南飞》舒缓的旋律徜徉在清晨关闭的小屋里，并且从窗户玻璃的边缘渗透出去。王马将钱给了庄嫘，庄嫘看了他一眼说，等着，我先出去。她打开门，探头左右张望了一下，把门缝推大走出去，王马忙把音乐关了，反手带上门也出来。他赶到庄嫘前面，一些风把他头颈上的白围巾吹开，包住了他的脸和一只耳朵。他们显然未料到这么早会撞见陌生人，不远处一个男人正吃惊地盯着他们。王马暗暗叫苦，和庄嫘匆匆过了桥，把白围巾还给去赶头班车的庄嫘，却还是惊魂不定。但是现在，他不再害怕了，他再也用不着提心吊胆了，他在床上那个男人身上注射了一支针剂。它不是毒药，只是平常的镇静剂，但浓度过高也可置人于死地，任何药过了量都会成为生命的负担。老天帮了他的忙，他走进庄嫘的屋子主人竟不在，门还开着。他现在拎着铁皮药箱出了门，阳光很好，仿佛他骤然敞开的心情。河边有了很多的青年，从贴满村子的告示上王马知道他们是一支填河的队伍。若干年前有人把河开出来，若干年后又有人将它掩埋。人啊，总是在否定自己，他轻声叹息着，手从泡桐的树干上抚过。

# 0

我是那支填河队伍中的一员，我们要让小村那头的几座小丘重归河水。这里马上要建筑一条直通城市的大道，我们将在这里干活，直到完成此项工作。我和几个伙伴从槐树林出来，一个缓慢行走的老人引起了我的注意。他背着一根垂钓用的钓竿，身边还跟着一条黑色的狗，老人蹋蹋而行，好像心事重重。奇怪的是那条狗叼着一只没有瓶盖的热水瓶，东嗅西嗅。我观察着他们，我的有说有笑的同伴渐渐撇下我走远了。我装作若无其事的腔调吹着口哨，却不让脚步超到老人前面去。经过一家理发铺，一个卷发女人正在为一个女顾客理发。那条狗狂叫起来，热水瓶从嘴边落下。女顾客瘦削的脸在镜子里沉默，是一副同样的表情。地上有一把很长的头发，显然是刚剪下的。她现在头发很短，剃了个男孩的发型。我看见那个老人盯着那个女人出神，突然发起火来，朝狗的屁股上踢了一脚。走，疯叫什么。于是那条狗不再吭声，乖乖跟着老人走了。我是一个旁观者。我目睹了这一幕。凭着直觉，我意识到其中必有某种隐情。我跟着老人，来到河边，河边已有许多我的兄弟。我们在一块空地上搭起一些简易的活动房，将在此地逗留一个时期。我每天都可以看见那个老人，他坐在一棵泡桐树下，狗跪卧在他身旁。后来我们开始攀谈，成了忘年的知己。他手里捏着一只女人的发簪，指着那条渐渐消失的河老泪纵横，他说许多年前他开这条河时自己还是一个青年，他当时深爱着一个叫蝴蝶的姑娘。后来她投河死了。他说他当时是挖河队伍的领头人，他开创了这条河，结果却让心爱的人用它去死。过了一会儿，他又说，死是容易的，没有河还有绳子还有毒药，总有办法，可当询问他蝴蝶究竟是怎么死的，他再也不肯多说一句，于是蝴蝶的故事便成了一支永难讴唱的情歌。回忆在老人心中,我再也无从侦察,我看见一群鸽子飞来飞去,逍遥自在。冬天的一缕阳光照在河面,一辆装土的小车从远处奔来,翻倒了,阳光在泥土中熄灭。

写于1994年7月8日